FEUX FOLLETS

POESIES

PAR

Mᴹᴱ Élisa GUYON

1865

BORDEAUX

IMPRIMERIE COMMERCIALE Aug. BORD

RUE DES TREILLES, 24

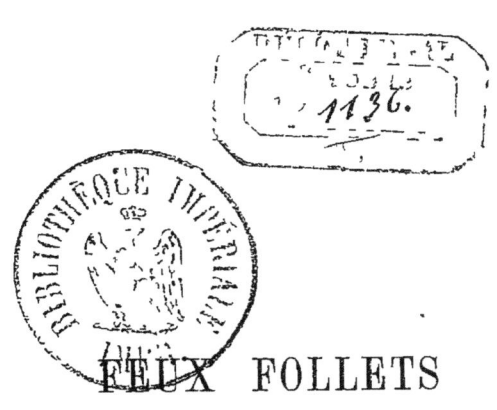

FEUX FOLLETS

FEUX FOLLETS

PAR

Mme ÉLISA GUYON

BORDEAUX

IMPRIMERIE COMMERCIALE D'AUG. BORD

RUE DES TREILLES, 24

—

1865

PRÉFACE

—

En livrant au public, sous le titre **FEUX FOLLETS**, un volume de vers, fruit d'une expérience acquise et mûrie dans la souffrance, je ne fais que céder aux instances réitérées de personnes honorables et éclairées, que leur amitié pour moi a faites peut-être plus indulgentes que justes, lorsqu'elles m'ont assuré que je pourrais intéresser tous les âges. A cet effet, j'ai varié, autant qu'il m'a été possible, le genre de mes poésies : **Odes, Élégies, Stances, Chants allégoriques, Fables, Contes, etc., etc.,** y sont réunis et forment comme un bouquet de petites fleurs odorantes, où le lecteur peut, selon son gré, choisir et respirer celle qui lui plaît le mieux.

N'ayant qu'un but, je n'ai qu'un désir : distraire la vieillesse, conseiller la jeunesse et amuser l'enfance.

PRELUDE

—

Atomes lumineux, feux follets, étincelles,
Blancs rayons que le vent balance sur ses ailes,
Lorsqu'une nuit d'été laisse, en plis gracieux,
Flotter son voile azur a la voûte des cieux.

Lorsque j'avais vingt ans, assise a ma fenêtre,
Je me réjouissais en vous voyant paraître!..
C'est que votre présence est un signe certain
Que la nuit nous prépare un jour doux et serein.

En donnant votre nom a ce modeste ouvrage.
L'aurais-je donc choisi comme un heureux présage?
Helas, non! j'ai songé que mon livre tardif
N'aurait que votre éclat errant et fugitif

Peut-être que, plus tard, ceux qui m'auront connue
S'empresseront joyeux a votre seule vue,
C'est que pour eux ma lèvre, aussi bien que mon cœur,
Ne distilla jamais de sourire moqueur.

Mes patrons bien-aimés, allez à l'aventure:
Que votre pureté désarme la censure;
Que pour vous mes amis, s'il m'en reste aujourd'hui,
Se montrent généreux et vous servent d'appui.

Votre pâle lueur de la vie est l'emblême;
Souvent, sans plus briller, l'homme s'éteint de même;
Image de la vie aux mobiles reflets,
Je vais prier pour vous, mes pauvres *Feux follets*.

TOUTE A DIEU

—

Dès que luit l'aube vermeille.
Ainsi que l'oiseau des champs,
Libre, heureuse, je m'éveille
Pour te fêter dans mes chants,
Toi, qui fis de ma demeure
Un lieu d'amour et de paix,
Je te bénis a toute heure
Seigneur, pour tant de bienfaits

Comme une eau fraîche et limpide
Je vois s'écouler mes jours.
Jamais l'ouragan perfide
Ne vient en ternir le cours.
J'ai consacré ma nacelle,
Afin de la préserver,
Et Dieu qui veille sur elle
Voudra toujours la sauver.

Comme l'enfant qui repose
S'offre au baiser maternel,
Ma pensée, à peine éclose,
S'envole vers l'Éternel.
Comme l'onde à la prairie,
Comme aux abeilles les fleurs.
Il faut à ma rêverie
L'espoir qui sèche les pleurs.

Quand le ciel par un sourire
Chasse les tristes autans,
Aussitôt je prends ma lyre
Pour saluer le printemps.
La nature tout entière
Aime à répéter ma voix,
Et l'ange de la prière
Aux cieux la porte parfois.

Ainsi qu'on voit l'hirondelle
Dans l'exil se souvenir,
Je veux, comme elle fidèle,
Sous mon vieux toit revenir.
Là, j'achèverai ma vie
En contemplant le ciel bleu;
Loin des regards de l'envie,
Mes chants ne seront qu'à Dieu.

LE VRAI BONHEUR

—

O mes enfants! quelle est votre chimere?
Pourquoi rêver l'inutile grandeur?
Que ferait-elle au cœur de votre mere,
Quand près de vous, anges, tout est bonheur?
Dans vos regards je puise mon génie,
Votre amitié me suffira toujours;
Pour vous, ma voix, constante et rajeunie,
Évoquera sans cesse les beaux jours.

Sur mes genoux quand votre front se pose,
Plus que les grands je suis riche, ma foi!
Vos traits charmants de carmin et de rose,
Enfants chéris, ne sont-ils pas à moi?
Fuyez toujours cette vaine poussière
Qui nous aveugle et nous cache les cieux!
Que me faut-il dans ma pauvre chaumiere?
N'ai-je donc pas et mon âme et vos yeux?

Un peu de gloire, amis, passe si vite!
Comme un beau rêve elle s'évanouit.
Pour l'acquérir, hélas! chacun s'agite.
La possédant personne n'en jouit.
J'aime bien mieux sur mon front la couronne
Que votre amour tressera désormais.
Le vrai bonheur est celui que Dieu donne;
Mes chers enfants, ne l'oubliez jamais.

Dans mon printemps ma voix trop inhabile
Ne chanta point, je vous aimais pourtant!
Pour vous charmer, une muse docile
A bien voulu me donner ce talent.
Puissent mes chants plaire à votre jeunesse!
A cet ami, dont le cœur est si bon!
Tranquillement coulera ma vieillesse
Sans envier la gloire et le renom.

CHÀNTS

à l'occasion de la visite de Mgr LANDRIOT, evêque de la Rochelle, aux classes des Freres de la Doctrine Chretienne du Château (Ile d Oleron)

—

PREMIER CHANT`

—

Salut, salut, protecteur de l'enfance,
Vous qui daignez descendre jusqu'a nous,
Puissent nos cœurs, pleins de reconnaissance,
Prouver plus tard tout notre amour pour vous.

Chœur

Vive a jamais ce jour d'ivresse !
Vive celui que nous fêtons en chœur !
Tout triomphants,
Chantons, enfants.
Chantons sans cesse,
Chantons ses vertus, son bon cœur.

Tout en blâmant les defauts de notre âge.
Comme Jésus, vous êtes indulgent,
Et comme lui, vous sauvez du naufrage
L'enfant prodigue et le faible indigent,

Oui, Monseigneur ! votre auguste présence,
Plus que jamais, nous fait chérir ce lieu ;
Nous venons tous vous promettre a l'avance
Que chaque jour, pour vous, nous prierons Dieu.

En nous quittant, faites-nous la promesse
Que vous viendrez quelquefois nous bénir.
Nous tâcherons d'acquérir la sagesse,
Pour mériter votre bon souvenir.

DERNIER CHANT

—

Jour prospère
Prolonge encor notre bonheur !
Obtempère
Au vif désir de notre cœur !
Savourons la joie
Que Dieu nous envoie.
Fêtons Monseigneur !

Cette enceinte
De nos doux chants doit retentir ;
Nulle crainte
A nos cœurs ne se fait sentir.
L'ami de l'enfance
Nous sourit d'avance,
Pour nous applaudir !

C'est un père
Qui veut tous ses enfants heureux,
Qui n'espère
Et vivre et mourir que pour eux.
Ainsi qu'un doux rêve,
Son règne s'achève
Cher aux malheureux !

A Marie
Chacun de nous vient s'adresser,
Et la prie
De vouloir le récompenser.
Puisse cette mère,
Qui nous est si chère,
Nos vœux exaucer !

L'allégresse
Anime et remplit tous les yeux .
Et caresse
Nos fronts candides et joyeux

Puisse la journée
De jeux couronnée.
Combler tous nos vœux

Sans nuage,
Allons nous livrer au plaisir;
A notre âge,
Il n'est pas de plus grand désir,
Sûrs que nos bons frères,
Loin d'être sévères,
A nous vont s'unir.

L'INDULGENCE MATERNELLE

Refrain.

Enfant, j'aime ton doux regard,
Et tes désirs toujours frivoles;
J'aime tes candides paroles,
S'envolant au gré du hasard;
J'aime, j'aime ton doux regard.

Ta voix, caressante et joyeuse,
Ange, me plaît surtout quand ta bouche rieuse
Se penche a mon oreille et voulant t'excuser,
Me dit ces jolis mots : Maman, vite un baiser !
    Enfant, j'aime ton doux regard
    Et tes désirs toujours frivoles,
    J'aime tes candides paroles,
    S'envolant au gré du hasard;
    J'aime, j'aime ton doux regard.

Protégé par ton ignorance,
Tu ne redoutes point l'amère indifférence.
Semblable au passereau, ta charmante gaîté
Fait envier ton âge et ta félicité.
  Enfant, j'aime ton doux regard
  Et tes désirs toujours frivoles;
  J'aime tes candides paroles,
  S'envolant au gré du hasard;
  J'aime, j'aime ton doux regard.

Comment résister à vos charmes.
O vous qui nous donnez de si vives alarmes!
Lorsque vous l'affligez avec tant d'abandon.
Votre mère avec joie accorde un doux pardon.
  Enfant, j'aime ton doux regard
  Et tes désirs toujours frivoles:
  J'aime tes candides paroles,
  S'envolant au gré du hasard:
  J'aime, j'aime ton doux regard.

En vigilante sentinelle,
Veillant sur tous vos jeux, la bonté maternelle
De vos nombreux défauts s'étonne avec douleur;
Mais pardonner toujours est son plus grand bonheur.
  Enfant, j'aime ton doux regard
  Et tes désirs toujours frivoles;
  J'aime tes candides paroles,
  S'envolant au gré du hasard;
  J'aime, j'aime ton doux regard.

PORTRAIT

—

A ma fille

—

Je compare au flot qui soupire,
Au chant qui s'éteint sur la lyre.
Au rossignol, ami des bois,
    Sa voix!

Je compare au lys qui m'enchante
Sa beauté naïve et touchante,
A ce symbole de candeur,
    Son cœur.

Je compare a l'enfant candide
Ma colombe chaste et timide,
Aux doux regards voilés des cieux,
    Ses yeux.

Je compare sa douce haleîne
Au parfum qu'exhale la plaine
Aux gouttes d'eau, parant les fleurs.
Ses pleurs.

Je compare enfin sa jeunesse
Au printemps qui sourit sans cesse,
Au charme qu'il répand toujours,
Ses jours.

APRÈS AVOIR LU LE VOYAGE DE M. V... A BROUAGE

—

Je ne te connais pas, ruine abandonnée,
Toi que le voyageur contemple tout surpris !
Noble cité, tu dors, de lierre couronnée,
Tandis que le touriste admire tes débris.

Je ne te connais pas, ville autrefois si fière,
Toi, que la main du temps aurait dû respecter...
Je ne veux voir en toi qu'un héros dont la bière
Est ouverte à celui qui veut la visiter...

J'irai voir tes créneaux et tes portes énormes,
Tes vieux murs tout noircis géants silencieux !
Je verrai tes remparts surmontés de beaux ormes
Dont les fronts verdoyants s'élèvent dans les cieux.

J'irai me recueillir dans ta paisible enceinte,
Sur tes lambeaux épars, je poserai mes pas,
J'irai te contempler comme une chose sainte,
Toi, l'image, a mes yeux, de l'oubli d'ici-bas !...

Je ne te connais pas; mais déjà ma pensée
Visite ton église et ses autels déserts;
Me demandant pourquoi sa chaire est délaissée,
Pourquoi les chants du soir n'y frappent plus les airs.

J'irai sur tes débris répandre quelques larmes;
Sur tes pavés mousseux tomber à deux genoux;
Dans ma douleur, pour toi, je trouverai des armes
Pour combattre un présent de ton passé jaloux...

Oh! ne redoute pas la hache du Vandale...
Toi qui soutins jadis tant d'illustres combats!
Qui pourrait caresser cette idée infernale :
De troubler sous ta cendre un monde de soldats?

Après tant de hauts faits, non, tu n'as rien à craindre;
L'envie et le calcul ne peuvent rien sur toi!
Te voir abandonnée, on ne peut que te plaindre,
Mais ravager ton sein serait manquer de foi!

Qui voudrait, parmi nous, encourir un tel blâme?
Ne te devons-nous pas protection, amour?
Tu resteras encor pour inspirer notre âme,
Et nos petits-enfants t'iront voir à leur tour.

ÉLÉGIE

—

A la mémoire de ma jeune amie, A   L

—

DEDIE A SA BONNE MERE

—

Ange que le Seigneur parmi noûs fit descendre
    Pour enchanter nos yeux,
Et que, dans sa puissance. il a voulu reprendre
    Comme un parfum des cieux !

Ton pied n'était pas fait pour cette terre usée
    Ou se fanent les jours.
Tu n'a fait qu'y paraître, et ton âme blessée
    La quitte pour toujours !

Le monde est égoïste... et nous pleurons tes charmes.
    Que Dieu rend immortels!
Quand nous devons songer, pour adoucir nos larmes,
    Aux bienfaits éternels!

Ob ! lorsqu'à ta venue une mère si tendre
    Te donna son amour,
Hélas ! elle ignorait que l'on devait t'attendre
    Sitôt au saint séjour.

Lorsque tu descendis, sa joie était parfaite ;
    Elle t'ouvrit ses bras.
Mais elle devina que tu n'étais pas faite
    Pour les maux d'ici-bas.

Elle applaudit, heureuse. a ta brillante aurore,
    Rayonnante d'espoir...
Trop tôt tu disparus, semblable au météore
    Qui n'apparaît qu'un soir.

Devons-nous accuser du ciel l'arrêt terrible
    Qui nous prive de toi ?
Ou bien prêter l'oreille a la voix inflexible
    Qui dicta cette loi ?
. . . .

Dieu, nous recueillerons ta divine parole
    Comme l'eau du désert ;
Car l'ange de la mort nous sourit, nous console,
    Quand nous avons souffert !

L'EXILÉ D'AUTREFOIS

—

Sur son char de vermeil, le soleil d'Amérique
Inondait de ses feux le splendide horizon ;
L'air était tout parfum sous ce ciel magnifique.
Ou le sable argente succède au vert gazon.

Cet imposant tableau que l'Ocean reflète,
Cet horizon d'azur par Zéphir caressé,
Cette harmonie, enfin, qu'un doux parfum complete
Ne peut rien sur celui dont le pas est presse..........
....

Seul au bord de la mer, consume par l'attente.
Un jeune homme écoutait le murmure des flots,
En comparant sa vie a la vague inconstante.
Il ne put retenir de pénibles sanglots

Son doux regard. empreint d'une peine profonde,
Semblait interroger et la terre et les cieux,
Plus nombreux, plus amers que les replis de l'onde,
Ses pensers se gravaient sur son front soucieux.

C'est que, depuis longtemps, les tourments de l'absence
Eprouvaient sa grande âme au creuset du malheur.
Il n'avait pour bercer sa triste adolescence
Que la déception. mere de la douleur,

Chaque heure avait aussi son doute, sa souffrance;
Chaque jour faisait naître un imminent danger,
Qu'importe!... son bonheur c'est celui de la France,
Sans lui, mieux vaut mourir sur le sol étranger!

Hélas! ce noble cœur doit-il être victime
De l'amour qu'à la France il voua pour toujours?
Du faîte des honneurs tombé dans un abîme,
Laissera-t-il encore immoler ses beaux jours?

L'égoïsme impudent, de sa bouche flétrie,
Distillait, pour le perdre, un venin destructeur...
Ce fut sans nul succès : plus tard, dans sa patrie,
L'exilé reparut comme un triomphateur.

. . . .

Lorsque son nom si cher retentit dans la nue,
Lorsque la voix du peuple annonça son retour,
Petits et grands, chacun célébra sa venue,
Et la joie éclata dans mille chants d'amour.

En ce jour d'allégresse un long cri de victoire
S'échappa tout a coup du sein du Panthéon,
Et ce cri de bonheur, comme un hymne de gloire,
Rappela l'aigle d'or du grand Napoléon. . . . .

. . . .

Peuple, n'en doute pas! Ton sort sera prospere:
L'exilé d'autrefois est ton sincère appui;
C'est Dieu qui le choisit et le nomma ton père;
Ce n'est que ton bonheur qui l'occupe aujourd'hui!

LA FEUILLE MORTE

—

Papillon, d'ou viens-tu, voyageur parasite?
Au calice des fleurs, tu vas sucer le miel,
Et puis, tout orgueilleux, au zéphir qui t'agite,
Tu dis : Je veux monter jusqu'au dôme du ciel!

De parfums enivré, tu crois, dans ton delire,
Que tout doit seconder ton vol ambitieux,
Et que tu peux d'un trait franchir le vaste empire
Que nul ne peut ravir a l'aigle audacieux.

Ton orgueil va croissant, et la brise folâtre
Semble favoriser un instant ton espoir.
Tu sillonnes les airs, de toi-même idolâtre!
Qui pourrait désormais mesurer ton pouvoir?

Du sein de ta splendeur tu t'applaudis, sans doute.
Et tu vas parcourant l'espace en sens divers,
Pour savoir s'il n'est pas, au milieu de ta route,
Et de plus belles fleurs et des gazons plus verts.

Mais quoi! ne vois-je pas ta course périlleuse
Déja se ralentir? tu reviens sur ton vol;
La brise en son essor souvent capricieuse
Te délaisse... Tu vas retomber sur le sol.

Hélas! tout haletant et vacillant sans cesse,
Jouet infortuné! que vas-tu devenir?
Voyageur imprudent! au sein de ta vitesse,
Combien n'avais-tu pas de dangers a courir?

Mais le voila tombé!... malheureux téméraire.
Victime de l'orgueil, dupe du tourbillon.
Qui, fait pour voltiger humblement sur la terre.
Oublia qu'il n'était qu'un frêle papillon.......... ....

....

L'espoir de le sauver près de lui me transporte:
J'approche et j'aperçois... Jeu des illusions!
Non un être vivant, mais une feuille morte
Qui descendait ainsi des hautes régions.

Comme le papillon elle était diaprée,
Fascinait le regard par de triples rayons,
Et, toute empreinte encor des pleurs de la rosée,
Joyeuse elle se montre, ignorant mes crayons...

Alors me recueillant, je disais a ma muse :
Pour la ville et la cour c'est un tableau parfait:
Que de gens chamarrés sur lesquels on s'abuse.
Qui de la feuille morte empruntent le reflet!

Comme elle, séduisants de forme et de parure!
Le clinquant de leur fard, l'aspect fallacieux,
Ne laissent sur leurs pas qu'une triste imposture,
Trahissant trop souvent et l'esprit et les yeux!

AIMONS-NOUS BIEN !

—

Refrain.

Aimons-nous bien! dans cette vie
Il faut aimer pour être heureux !
Quand l'amitie nous est ravie,
Le cœur est toujours malheureux

As-tu compris mon allégresse,
Lorsque le doux son de ta voix
M'apprit tous bas, avec ivresse.
L'amour de deux cœurs a la fois?
Je crus des lors a ta tendresse,
Quoiqu'en voulant douter parfois

Aimons-nous bien! dans cette vie
Il faut aimer pour être heureux!
Quand l'amitié nous est ravie,
Le cœur est toujours malheureux,

Te souvient-il de la prairie,
Où nous étions assis le soir
Aux pieds de ma mère chérie.
Tous deux le cœur brûlant d'espoir?
A nos côtés, la rêverie
Comme une sœur venait s'asseoir.

Aimons-nous bien! dans cette vie
Il faut aimer pour être heureux!
Quand l'amitié nous est ravie,
Le cœur est toujours malheureux.

Mon âme était joyeuse et fière,
Lorsque tes yeux cherchaient mes yeux:
Quelquefois même la première
Dans les tiens je trouvais les cieux!
Mais aujourd'hui, sous ta paupiere,
Chaque regard est soucieux.

Aimons-nous bien! dans cette vie
Il faut aimer pour être heureux!
Quand l'amitié nous est ravie,
Le cœur est toujours malheureux.

STANCES

—

Elle

—

Dans l'urne de ma vie
Que ton aile effleura,
Le démon de l'envie
Vint déposer la lie
Dont mon cœur s'abreuva.

Mais ta tête rosée
Passa devant mes yeux,
Et comme la rosée
Sur la plante brisée
Rendit mon front joyeux.

Et ta voix caressante
Dissipa mon énnui,
Et ta bonté constante
De mon âme souffrante
Devint le seul appui.

Un jour ta blonde enfance
Comme un songe s'enfuit ..
Mais ton adolescence
Ramena l'espérance
De mon bonheur détruit.

Les heures, les journées
S'envolent tristement
Et mes vieilles années.
De soucis couronnées.
Viennent rapidement.

Si, comme l'hirondelle
Qui revient au printemps.
Tu me restes fidèle
Et sensible comme elle.
J'aurai toujours vingt ans!

Il ne faut a l'abeille
Pour augmenter son miel,
Qu'une aurore vermeille...
Qu'une fleur qui s'éveille...
Qu'un rayon de soleil!...

Aussi quand ton sourire
Se repose sur moi,

Les accents de ma lyre,
Comme un flot qui soupire,
Disent . Console-toi !

Mais si, comme une étoile
Dans les brumes du soir,
Ton beau regard se voile,
Comme un nocher sans voile
Je reste sans espoir !

Non, non! J'espere encore
Un horizon plus doux...
Car celui qui colore
Les richesses de Flore
Aura pitié de nous.

A MON FILS

En réponse à sa barcarolle Les Pêcheurs

—

Avec Dieu pour devise
Le faible devient fort,
Le vent le favorise
Et le conduit au port...
Aux lueurs des étoiles,
Mon fils, hisse tes voiles.
  Sous l'œil des cieux,
  Voguons, joyeux!
Tra la la la la la la la la.

Déja, sur notre route,
Le flambeau de la foi
Vient dissiper le doute
Qui s'emparait de toi...
Mon fils, bonne espérance!
Avec persévérance,
  Sous l'œil des cieux,
  Voguons, joyeux!
Tra la la la la la la la la.

Comme l'oiseau rapide
Se rit de l'oiseleur,
Puisse ton front limpide
Défier la douleur...
Mon fils, puisqu'à ton âge
On sait braver l'orage,
    Sous l'œil des cieux,
    Voguons, joyeux!
Tra la la la la la la la la.

Si l'onde était amère...
Le ciel sans horizons...
N'aurais-tu pas ta mère
Et tes douces chansons?
Toujours a ta nacelle,
Mon fils, reste fidèle.
    Sous l'œil des cieux,
    Voguons, joyeux!
Tra la la la la la la la la.

L'OFFRANDE DU CŒUR

Mon cœur, c'est en ce jour qu'il me faut ta parole.
Révèle ton amour, sans crainte de mépris!
Si tu vis inconnu dans un monde frivole,
Des êtres bienfaisants, va, tu seras compris!
Ma voix, ma faible voix, ignorée et craintive,
A l'aspect du malheur ne peut rester captive;
L'ardente charité dirige mon chemin,
L'espérance et la foi soutiennent mon courage,
Lorsque pour l'ouvrier, indigent, sans ouvrage,
Je me fais interprète et lui donne la main!...

Ne l'abandonnez pas, riches, heureux du monde,
Soulagez sa misère, et Dieu vous aimera!
Protégez le vieillard et l'ange a tête blonde,
Imitant l'Éternel, chacun vous bénira!
Prêtez l'oreille aux vœux de la mère-patrie,
De celle qui vous aime avec idolâtrie,
De celle qui pour nous ne veut que d'heureux jours.
Soyons dignes en tout de notre auguste mère!
Pour nos amis souffrants, non! plus de peine amère!
Dans les trésors du cœur, pour eux puisons toujours.

Les yeux voilés de pleurs, l'artisan vous regarde,
Et ce n'est pas en vain qu'il attend du secours.
Pour rendre un peu de joie à sa triste mansarde,
S'offre de toute part un généreux concours.
S'il a des droits sacrés à votre bienfaisance,
Combien vous en aurez à sa reconnaissance!
Donnez! donnez toujours! Oh! ne vous lassez pas!
Du père, sans travail, ranimez l'espérance...
Que de maux à la fois accablent l'indigence,
Alors que le malheur se cramponne à ses pas!...

Comme le fit Booz, laissez sur son passage
Tomber des épis mûrs, sans qu'il ait à rougir;
De vos riches moissons faites un saint usage;
Semez dans le présent des biens pour l'avenir!
Mais c'est surtout à vous, femmes nobles et belles,
À vous que le Seigneur nous donna pour modèles,
Qui brillez par le cœur comme par la beauté,
Que s'adresse aujourd'hui mon âme tout entière.
De nos frères en deuil écoutez la prière,
Épanchez dans leur sein vos trésors de bonté...

ALLEZ A SAINT-JEAN-LE-THOMAS

—

Quel art pourrait jamais remplacer la nature !
La nuit levant son voile a l'aurore de feu !
La mer unie au ciel, où, comme une ceinture,
Vient se mêler parfois un horizon tout bleu !...
....

Est-il un nid d'amour, couronné de feuillage,
Plus joyeux, plus coquet, plus enrichi d'appas,
Que ce nouvel Eden, que ce charmant village,
Portant le double nom de Saint-Jean-le-Thomas ?...

Si vous aimez les eaux, les bois, les prés fertiles,
Les jardins abondants, les champs aux épis d'or,
La promenade a deux, loin du regard des villes,
C'est là que vous devez diriger votre essor.

Vers ce charmant coteau, si gai dans sa parure,
Comme un folâtre essaim, allez, joyeux baigneurs !
Le site est gracieux, l'eau bienfaisante et pure,
Et la brise du soir, un doux parfum de fleurs.

Là, comme frais berceaux, sur vos têtes s'inclinent
Les rameaux embaumés des superbes pruniers.
Dans la plaine, à vos pieds, lentement se dessinent,
Comme des galons d'or, de gracieux sentiers.

Arrêter vos regards vous serait impossible !
Lorsque la mer d'azur, en jouant près de vous,
Berce le vieux pêcheur dont la barque paisible
Ressemble à l'alcyon sur le flot pur et doux !

Là, si vous n'avez pas les bals, les jeux, les fêtes.
La loge sur le sable, érigée en boudoir,
Vous pouvez admirer, près des bains où vous êtes,
Le chaume hospitalier, fier de vous recevoir.

Loin de ces vains plaisirs, vous attend le bien-être,
La paix, la douce paix, qui donne la santé,
Les désirs satisfaits par un bonheur champêtre,
Et, plus que tout cela, la chère liberté !
. . . .

Voici l'heure du bain. Au bas de la falaise,
Écoutez murmurer les vagues de cristal ;
Comme dans un miroir, vous pourrez voir à l'aise
Flotter vos longs cheveux au souffle matinal.

Vous, touristes aimés que l'espoir accompagne,
Regardez vers le Sud, une amie attend la !
C'est, vous me devinez, la rêveuse Bretagne
Dont l'un de ses enfants si souvent nous parla.

Salut, charmant pays, terre aimable et chérie !
Toi qui sus en tout temps inspirer notre cœur,
Séjour de paix, d'amour, de douce rêverie !
Je verse, en te voyant, des larmes de bonheur !

Oui ! j'aime tes lavoirs, tes riantes chaumières !
Tes filles aux doux yeux, tes enfants aux pieds nus !
Ta légende, le soir, et tes saintes prières
Que font monter aux cieux tes fils, cœurs ingénus !

Plus loin, sur un rocher, une tourelle antique
Semble se balancer entre l'onde et le ciel,
C'est l'ancienne abbaye ou prison politique,
Ce mémorable mont, appelé Saint-Michel.

Abbaye et prison, te voici délaissée !
Toi qui vis tour a tour et prier et gémir,
Ton aspect, aujourd'hui, fait errer la pensée
Et laisse dans le cœur un profond souvenir...

Mais toi, cher habitant, reprends tes espérances.
Ne t'inquiète pas, courage, ami pêcheur!
Ne vois-tu pas déjà des hauteurs de Coutances
Veiller sur tes besoins l'apôtre du Seigneur.

. . . .

Remontez le côteau, deux maisons ravissantes,
Deux fraîches oasis, ornement de ces lieux,
Se cachant à demi sous des fleurs élégantes,
Semblent vous dire, ici : « C'est le séjour des dieux! »

Là, ne sont pas ces dieux qu'entoure le mystère,
Ces êtres idéals, œuvre d'illusion!
Ce sont d'heureux mortels, amis de cette terre,
Pour qui ce beau pays est plein d'attraction.

Baigneurs, la saison presse, accourez au plus vite;
Tout plaît, charme, séduit sur ce sol enchanté!
Au portrait que j'en fais, pas un de vous n'hésite,
Et je vous vois venir, guidés par la gaîté.

Comme le flot qui fuit, passe cette journée,
Chaque heure en s'écoulant dit qu'on m'attend là-bas!
Adieu, je pars demain, espérant chaque année
Venir me reposer à Saint-Jean-le-Thomas.

CRI D'ESPÉRANCE

—

Aux Polonais

—

Reine de l'univers! ô France, ô ma patrie!
Toi, qu'on aima toujours avec idolâtrie;
Toi, dont le nom sacré fait battre tous les cœurs;
Toi, qui donnas le jour à d'illustres vainqueurs,
Daigne prêter l'oreille à la voix de nos frères,
Ne leur refuse pas ton bienheureux concours.
Tu connais leurs malheurs, leurs souffrances amères:
Ils ne sauraient en vain attendre ton secours...
Courage, Polonais, la France généreuse
Ne peut pas oublier votre âme valeureuse,
Sa vaillance a la vôtre, amis, voudra s'unir.
Ne fut-elle donc pas votre seconde mère?
Et sachant tous vos maux, que chacun énumère.
Peut-elle, sans douleur, sonder votre avenir?
Vous n'en pouvez douter, son amour est sincère,
Et votre liberté fut son rêve constant,
Mais elle a ses soucis, ses craintes, sa misère,

Ne l'accusez donc pas d'hésiter un instant!
Noble et triste Pologne! au comble de la rage,
Trois peuples à la fois éprouvent ton courage;
Leurs homicides cœurs osent voter ta mort,
Et comme des Judas jeter ta robe au sort!
O peuple glorieux! repousse l'esclavage;
Tu deviens immortel dans ton suprême effort:
Ta malédiction, transmise d'âge en âge,
Gravera sur leur front la honte et le remords.
Français et Polonais, l'amitié nous rassemble,
Nous n'avons qu'une croix, nous n'aurons qu'un drapeau.
La gloire nous attend, trois nations ensemble
Ne sauraient sous nos yeux creuser votre tombeau.
Que la foi sur nos pas dirige son flambeau,
Si nous voulons au Christ que notre amour ressemble.
Ils sont nos alliés, nous leur devons appui!
Dans cette incertitude, ah! plus d'un peuple tremble
Que la France, indignée, intervienne aujourd'hui!
Espérez, espérez, héros de Varsovie!
Il est encor pour vous, au sentier de la vie,
Des myrtes, des lauriers, arrosés par nos pleurs,
Dont vous pourrez un jour, au gré de votre envie.
Cueillir les verts rameaux et respirer les fleurs.

LA MER

—

Ce flot qui fuit le flot et que le flot entraîne,
Blancs flocons écumeux, rivés comme une chaîne,
    Quel bras pourrait vous retenir?
A quoi te comparer? source immense et profonde!
Mer! abîme discret, qu'en vain le regard sonde.
    Puisqu'il ne peut le définir!

Quand ton fluide azur vient caresser la grève,
Quand mon âme, a tes bruits, reprend son plus beau rêve,
    Comme l'oiseau son plus doux chant;
Quand le vent de la nuit, de sa suave haleine,
Epanche sur mon front, comme une coupe pleine,
    Les tiedes parfums du couchant!

Quand, semblable au miroir, ta surface polie
Renvoie a mes regards une étoile pâlie
    Devant l'astre naissant du jour.
Quand j'écoute ta voix qui murmure et soupire,
Quand ta vague, a mes pieds, se berce et se retire,
    Tout en moi frissonne d'amour!

Quand la lune en son plein blanchit les algues vertes
Que jette ton reflux sur les rives désertes,
    Dans ses élans capricieux ;
Quand tes nombreux replis, d'opale et d'or se teignent,
Quand des nuages blancs, dans ton azur se baignent,
    Sous le regard voilé des cieux [1]

Quand le frêle alcyon, que la brise seconde,
Balance son essor sur la fraîcheur de l'onde,
    Montrant son corsage ondulé ;
Quand je lève les yeux vers cette immense plaine
Que reflète tes eaux comme un manteau de reine,
    De purs diamants etoilé !

Quand, sur ton sein mouvant, doucement je me penche
Pour voir filer au loin l'esquif à voile blanche,
    Comme une étoile au firmament ;
Quand, devant ta beauté que je ne puis décrire,
J'écoute tes soupirs que rien ne peut traduire,
    L'extase emplit mon cœur aimant !

Quand le souffle amoureux de la brise folâtre
M'apporte quelques mots de la chanson du pâtre,
    Que l'écho renvoie a tes flots ;
Quand je vois sur tes bords de coquettes nacelles,
Dont la course décrit un rayon d'étincelles
    Sous les rames des matelots !

Quand l'horizon de pourpre à ton azur se mêle,
Comme l'herbe a la fleur, quand la saison nouvelle
            Exile les tristes autans;
Quand, dans tes profondeurs, sans cesse tu fécondes
La perle aux mille feux, les hordes vagabondes
            De tes millions d'habitants!

Quand la beauté du ciel à la tienne est unie,
Quand je trouve partout l'ineffable harmonie,
            Chef-d'œuvre du souffle immortel,
Ce qui se passe en moi, je ne saurais le dire,
Je ne puis ni pleurer, ni chanter, ni sourire
            Devant ces dons de l'Éternel.

Je pourrais comparer a tes vagues, ma vie!
La douleur qui s'enfuit par la douleur suivie
            Que remplace encor la douleur!...
Ton infidélité, prompte a tromper l'attente,
Est l'image, à mes yeux, de la joie inconstante
            Qui souvent déserte mon cœur.

A LA MÉMOIRE DE M. JOSSIER

curé du Château (Ile d'Oleron)

L'inexorable mort, de sa faux homicide,
A ravi le pasteur à l'amour du troupeau,
Semant partout le deuil dans sa course rapide,
Ne laissant sous nos yeux que l'apprêt d'un tombeau.
. . . .

O mort! c'en est donc fait du prêtre vénérable,
De notre vieil ami, du vigilant pasteur,
Qui, depuis quarante ans, aux pauvres secourable,
Fut pour notre paroisse un zélé protecteur.

La veuve et l'orphelin connaissaient sa demeure;
Au vieillard, bien souvent, il offrit ses habits;
Sans jamais l'appauvrir, il puisait à toute heure
Dans son cœur paternel pour ses chères brebis.

Comme le fit Jésus, visitant la chaumière,
Il consolait l'infirme, accablé de douleur;
C'est ainsi qu'on le vit, jusqu'à l'heure dernière,
Apporter l'espérance au foyer du malheur.

Je ne puis, en ce jour, garder un froid silence
Sur les talents divers dont le ciel le dota;
Les arts, la poésie, et surtout l'éloquence.
Couronnèrent son nom que l'écho répéta.

Il ne m'appartient pas d'exalter son génie;
Chacun l'a reconnu, comme sa charité;
Ses sermons étaient pleins de charme et d'harmonie;
Il parlait à notre âme avec sincérité.

Il n'est plus! mais je puis, en mère catholique,
Redire à mes enfants : L'apôtre du Seigneur,
Celui que nous pleurons, trésor évangélique,
Ne rechercha pour vous que le divin bonheur.

O ma fille! ô mon fils! l'ami de votre enfance,
Celui qui vous guida, méritait notre amour.
Laissons parler nos cœurs, pleins de reconnaissance;
Donnons-lui nos regrets et nos pleurs en ce jour

LE PRISONNIER

—

Sur un vieux pan de mur, un pied de giroflée
S'inclinait gracieux au souffle printanier.
Aux barreaux d'un donjon, la paupière gonflée,
Se tenait pour le voir un pauvre prisonnier.
Je t'aime, disait-il, tu charmes ma tristesse;
Ton symbole touchant est rempli de justesse,
Puisqu'il te fait compagne et soutien du malheur,
Ton suave parfum, dont mon âme est éprise,
Vient se mêler parfois aux douceurs de la brise
Qui visite souvent ce séjour de douleur...

Tu passeras, plante jolie,
Comme mes rêves enchantés,
Et la sombre mélancolie
Veillera seule a mes côtés.
Le joyeux printemps, qui ramène
Le nid d'amour sur le grand chêne,
Te protègera-t-il toujours?...
Petite plante parfumée,
Par ta présence bien-aimée,
Reviendras-tu charmer mes jours?

Alors, comme aujourd'hui, de l'étroite fenêtre,
Je verrais tes couleurs s'embellir au soleil;
La brise en folâtrant m'apportera, peut-être,
De ta fraîche corolle, une goutte de miel.
Son souffle bienfaisant, en balançant ta tige,
T'apprendra, je l'espère, un secret qui m'afflige...
Je dois le confier à ses soins caressants.
Je veux lui dire aussi le nom de mon amie.
Je lui dirai pourquoi la cruelle infamie
Fit, de mes plus beaux jours, des jours si languissants!

Si quelquefois tu vois ma mère,
Comme un fantôme errer le soir,
Ne lui dit pas ma peine amère,
Tu détruirais son seul espoir.
Oh! oui, que toujours elle ignore
Tous les desseins qu'on élabore
Pour immoler mon avenir;
Pauvre mère qui me réclame,
Comme étant l'âme de son âme,
Qu'on ne devrait pas retenir!
. . . .

Ah! quand la nuit d'été laisse flotter ses voiles,
Quand la rosée en pleurs épanche ses trésors,
Quand un beau ciel d'azur, tout parsemé d'étoiles,
Étale glorieux ses splendides décors,
Ce que j'éprouve, hélas! je ne saurais le dire,

Car ce ciel vaste et pur, que tout le monde admire,
Depuis longtemps, pour moi, n'existe plus, mon Dieu !
De ces astres divers pas un seul ne rayonne,
Pas un ne vient dorer l'ombre qui m'environne,
Tout est morne et glacé dans ce funeste lieu.

Petite fleur, si gracieuse,
Pardonne à mon cœur bien aimant,
Si mon humeur trop soucieuse
A pu l'égarer un moment.
J'avais oublié ta présence
Et ton doux parfum qui m'encense,
Maudissant ma captivité !
Mais a présent, ta seule vue
Soulage mon âme abattue
Et me fait rêver liberté !...

Liberté ! fol espoir !... ma vie est condamnée !...
Dans ce triste donjon, il me faudra mourir.
Chacun doit ici-bas suivre sa destinée
Et la mienne, sans doute, est de toujours souffrir ?
Cependant je grandis, bercé par l'espérance,
Les plaisirs et les jeux dotèrent mon enfance ;
Pas un nuage alors n'obscurcit mon ciel bleu ;
Mais l'enfant devint homme et la voix de ma mère
Me dit, un jour, ces mots   Fuis la gloire éphémère !
Mon fils, comme autrefois, ne recherche que Dieu..

4

De tes avis, mère chérie,
Je ne sus jamais profiter.
Au nom de ma belle patrie.
Je sentis mon cœur s'exalter;
La gloire me devint funeste...
De mon passé ce qui me reste
N'est qu'un regret pour l'avenir.
Que font et gloire et renommée?
Hélas! tout s'envole en fumée,
Laissant à peine un souvenir...

CONFIANCE EN L'AVENIR

—

Souverains, aux vœux de la France
Resterez-vous sourds, aujourd'hui?
Quand, pour la Pologne en souffrance,
Notre empereur, plein d'espérance,
A sollicité votre appui?
Hâtez-vous! cette guerre horrible
A moissonné trop de guerriers...
Répondez¹... Il est impossible
De rester longtemps impassible
Devant ces combats meurtriers!

Vous hésitez! est-ce par crainte,
Quand l'univers va vous juger?
Ou n'avez-vous pas la foi sainte
Qui bannit le doute et la plainte?
Au milieu du plus grand danger,
L'hésitation est un crime.
Pres de ces martyrs glorieux¹
Hâtons-nous de fermer l'abîme
Ouvert a ce peuple, victime
D'un despotisme ambitieux...

Attends! Pologne, attends! j'espère
Que tes maux vont bientôt finir,
Que ta jeunesse persévère,
Car, pour elle, ici chaque frère
Fait des souhaits pour l'avenir...
Ta sœur, notre France chérie,
N'est pas ingrate, tu le sais;
Elle maudit la barbarie
De ces malheureux en furie,
Coupables de tant de forfaits.

Attends! l'heure n'est pas sonnée!
Hélas! il faut souffrir d'abord!
Attends! Pologne infortunée.
Sais-tu qu'une courte journée
Peut suffire à changer ton sort?....
Attends toujours!... demain, peut-être.
Tu verras briller ton ciel bleu.
Va! l'orage peut disparaître
Et ta félicité renaître
Par le divin souffle de Dieu!

UN COUP D'ŒIL SUR LA BATAILLE DE S...

—

Le signal est donné, le canon redoutable
Fait entendre trois fois sa voix épouvantable.
Sous son noble drapeau chacun va se ranger,
Et la valeur redouble à l'aspect du danger.
Quoi de plus fort, plus beau, que notre jeune armée
Qui veut justifier sa grande renommée !
De l'ennemi si sûr de la vaincre aujourd'hui,
Elle triomphera, le ciel est son appui.

Enfants, prenez courage !
Songez à vos aïeux...
Sachez qu'après l'orage,
L'étoile brille aux cieux.

.   .

Vous saurez supporter l'épreuve et la souffrance,
Pour défendre la gloire et l'honneur de la France,
Sur le sol étranger, que votre ambition
Soit de répondre aux vœux de votre nation

Votre joyeuse humeur sut triompher, naguère,
Des ennuis, des soucis, des périls de la guerre,
Quand vos brillants exploits étonnant l'univers
Le firent envieux même de vos revers!!!

Oh! ma chère patrie!
En tous temps, tous pays,
Tu fus toujours chérie
Par tes valeureux fils.

Aujourd'hui, comme alors, jeunesse fortunée,
Souriez, souriez à votre destinée.
Qu'on dise au bout du monde, appréciant vos cœurs :
La France n'eut jamais de plus dignes vainqueurs!
Montrez à tous les yeux votre auguste bannière;
Que l'ennemi vaincu la trouve hospitalière;
C'est la loi du Seigneur, vous ne l'oublierez pas,
Si de pauvres blessés vers vous tendaient les bras!

N'encourez aucun blâme;
Faites le bien toujours,
Pour conserver votre âme
Plus forte aux mauvais jours.

Jeune et vaillante armée, encore quelques heures!...
Que tu sois triomphante ou, s'il faut, que tu meures,
Comme les trois Albains, te couvrant de lauriers,
Grave, dans tous les cœurs, les noms de tes guerriers!

S'il faut pleurer tes morts ou chanter tes victoires,
Nous nous associerons de bon cœur à tes gloires,
A ta longue fatigue, ainsi qu'a ta douleur,
Et cela sans jamais douter de ta valeur.

Seigneur, toi qui fécondes
Les prés et les troupeaux,
Il faut que tu secondes
Tes fils sous les drapeaux !

. . . .

Mais le ciel obscurci, comme tristes présages,
Étale a l'horizon de sinistres nuages.
La nuit semble descendre avant l'aube du soir,
Imprimant sur les fronts un sombre désespoir.
Que faut-il espérer? Le Seigneur, en colère,
Joint au bruit du canon le bruit de son tonnerre,
Et le champ de bataille offre, dès ce moment,
L'inquiétude unie au découragement.

Vous vous laissez abattre
Par un ciel en courroux,
Quand vous devez combattre.
De votre honneur jaloux !

C'est que d'affreux éclairs, mêlés a la mitraille,
Font que le plus hardi, malgré sa foi, tressaille.
L'espace prend l'aspect du Vésuve en fusion,
Semant de toute part la désolation.
Une pluie abondante enlève tout refuge
Aux mourants menacés de ce nouveau déluge.
Enfin l'obscurité complète la terreur
En jetant dans les rangs l'épouvante et l'horreur.

L'innocent, le coupable,
Seigneur, sont devant vous;
Votre bras redoutable
S'appesantit sur tous.

Que s'est-il donc passé?... Dans cet instant suprême,
L'ennemi fait entendre un terrible blasphème;
Comme l'herbe des prés que moissonne la faux,
Il voit tomber partout ses guerriers les plus beaux.
Mon Dieu! vous pouvez seul faire à chacun justice
Et suspendre aujourd'hui ce triste sacrifice.
Voyez le sol jonché de vainqueurs, de vaincus,
Que clairons et tambours ne réveilleront plus.

La mort et l'agonie
S'offrent de toute part,
Et vont de compagnie
Sous le même étendard ...

Que de mères en deuil, après cette victoire,
Que le sang des martyrs gravera dans l'histoire!
Que de pères, trompés dans leur plus juste orgueil,
N'ont pour se consoler que l'aspect d'un cercueil!
Ils combattaient joyeux et pour la bonne cause;
Mais voila tout à coup que celui qui dispose
Des petits et des grands, des rois et des États,
Au milieu du triomphe, hélas! glace leur pas.

Mais, près du divin trône,
Ils auront désormais
Des lauriers pour couronne
Qui ne passent jamais.

LA FÊTE D'UN PÈRE

—

Pour célébrer plus dignement ta fête,
Je voudrais bien être aujourd'hui poete!
Cependant je le suis; quand il s'agit de toi,
Dans ma muse j'ai foi...

Le ciel, lisant dans mon âme sincère,
Accueillera mes tendres sentiments.
Il ne saurait, d'un enfant pour son père,
Repousser les accents.

Je suis ici près de son sanctuaire,
Car le nuage est au-dessous de moi!
Hier, j'ai vu ton ange tutélaire,
Qui m'a parlé de toi.

« Chéris toujours, chéris toujours ton pere, »
Me disait-il, me pressant sur son cœur,
« Car, jeune enfant, il n'est pas sur la terre
» De plus doux protecteur, »

Et je sentis circuler en mon âme
Un tendre émoi qui me vivifiait,
De son souffle divin une indicible flamme,,
Qui vers toi s'élançait.

« Vois, me dit-il, sur lui j'étends mon aile...
» Que son bonheur règne toujours en toi ! »
Je l'ai promis, et je serai fidèle
A cette douce loi.

HOMMAGE A LA VERTU

—

Je ne te connais pas, toi que ma muse chante,
Mais tes nobles vertus, mais ta bonté touchante,
    Mais ton sublime dévouement !
Mais ton amour de mère au sein de la famille,
Où Dieu t'avait placée, humble et modeste fille,
    M'attirent ainsi que l'aimant !

D'exalter tes bienfaits, mes vers seront-ils dignes?
Pourrai-je énumérer, dans quelques faibles lignes,
    Tes précieuses qualités;
Ou bien, si j'entreprends une tâche aussi belle
N'est-ce point t'exposer par un excès de zele,
    A voir tous nos vœux rejetés?. .

Mais tu pardonneras a ma voix ignorée
Cette déception, que t'aura préparée
    Son peu d'importance en ces lieux.
Tu me pardonneras, ô pauvre et sainte femme,
D'avoir, sans ton désir, découvert dans ton âme
    Des trésors que je montre aux yeux !
. . . .

Lorsque, bien jeune encor, tu sus comme un génie,
Veiller sur deux berceaux auprès de l'agonie
    Qui se débattait sous la mort...
Quand, prévoyant la fin de la lutte cruelle,
On te vit, dès ce jour, abriter de ton aile
    Les enfants que frappait le sort...

Quand tu devins pour eux et pour leur tendre père
Un fidèle gardien, un ange tutélaire,
    Qui ne se démentit jamais;
Quand tu vis sans regret s'envoler ta jeunesse,
Ne songeant qu'au moyen d'amoindrir la tristesse
    Des bons amis que tu servais.

Te sachant trop utile au modeste ménage,
On te vit refuser les nœuds du mariage,
    Que tes vertus auraient ornés!
Et tu fermais l'oreille au propos le plus tendre,
Dédaignant un bonheur auquel doivent prétendre
    Tous les êtres prédestinés!
. . . .

Et, lorsqu'un peu plus tard, une loi trop amère
Réclamait un des fils dont Dieu t'avait fait mère,
    Ton cœur aimant ne faillit pas!
Consultant sans délai le trésor de ta bourse,
Ton espoir y puisa son unique ressource,
    Quoiqu'il fût bien minime, hélas!

Qu'importe! tu l'offris á ton malheureux maître.

Lui, qui depuis longtemps avait su te connaître,

Le reçut en te bénissant;

C'est qu'il t'appréciait dans sa longue souffrance,

Quand son cœur dans ton cœur repuisait l'espérance,

Te nommant l'astre bienfaisant!

Par tes soins empressés, tu prolongeais sa vie

En versant dans sa coupe, où se mêlait la lie,

Le courage, don précieux.

Et quand il acheva sa pénible carrière,

Il dut trouver en toi l'ange de la prière,

Chargé de porter l'âme aux cieux!

De quel beau dévouement ton âme était remplie,

Alors que tu disais que, loin d'être accomplie,

Ta tâche t'occupait encor...

Mais les jeunes enfants étaient déjà des hommes..

Et, comme un fol essaim qui s'enivre d'aromes,

Leur aile avait besoin d'essor!

. . . .

En ce moment suprême, une sainte pensée

Roulait dans ton cerveau, semblable à la rosée

Qui parfume et nourrit les fleurs...

Tu venais de rêver, dans ta vive tendresse,

De servir sans salaire, au moins dans leur détresse,

Ceux pour qui tu versais des pleurs.

L'un des deux accepta ton constant sacrifice...
Ne devait-il pas rendre ainsi toute justice
    A ton sincère attachement?
Aurait-il oublié la modique escarcelle
Dont, sans te réserver la plus faible parcelle,
    Tu mis à son acquittement.

....

Aujourd'hui, comme alors, ton zèle infatigable
Devant l'adversité ressemble au bois d'érable
    Sous le ciseau du travailleur...
Et cependant la vie est une longue épreuve
Que souvent je compare à l'aspect d'un beau fleuve
    Dont l'azur voile un flot trompeur...

Le jour succède au jour et l'année à l'année!
Ton front, comme une fleur par l'automne inclinée,
    A perdu sa douce fraîcheur...
A l'homme, comme aux fleurs, l'hiver devient funeste,
Car, après sa venue, à chacun il ne reste
    Que l'abandon ou la douleur...

Les vieux ans sont bien lourds pour celui qui les porte,
Surtout quand la misère à chaque pas l'escorte
    Et double son triste chemin...
Ah! puisque tes vertus sont ton seul apanage!
Ne te faut-il donc pas, dans ton pèlerinage,
    Une main pour aider ta main?

Car le chêne superbe, où, comme un vieux lierre,
Tu sembles te fixer et pour la vie entière,
　　Hélas ! peut te manquer ce soir...
Et cependant lui seul protège ta faiblesse,
Et sans lui, je le sais, ta triste vieillesse
　　Serait réduite au désespoir !

Si Dieu, récompensant tes vertus, ton courage,
Te faisait par ma voix obtenir le suffrage
　　De ceux que j'implore avec foi,
Sache bien que mon âme en serait satisfaite
Car ton parfait bonheur est tout ce que souhaite
　　Celle qui vient prier pour toi.

LES DONS DE DIEU

—

A ma fille

—

O toi qui fais ma vie en ce terrestre monde!
Pourquoi sur ton front pur cette peine profonde.
    Qui s'accroît chaque jour?...
Comme les fleurs des champs par la faux moissonnées
Veux-tu que le parfum de tes belles années
    S'envole sans retour!

Comme l'oiseau, qui fuit menacé par l'orage,
Tu crains les doux plaisirs et les jeux de ton âge,
    Que faut-il a ton cœur?
Ainsi que l'algue au vent par la vague brisée,
Je vois dans tes regards ta mobile pensée
    En proie a la douleur

L'amour que j'ai pour toi, tu le connais, sans doute;
Tu sais que je voudrais joncher de fleurs la route
    Où tu poses tes pas.
Quand ta joie est ma joie et ta peine ma peine,
Quand un lien sacré tout près de toi m'enchaîne,
    Pourquoi pleurer tout bas?

Comme un vieux pan de mur soutenu par le lierre,
Ma vieillesse a besoin d'un appui tutélaire
Pour braver les autans.
C'est ainsi qu'en ton cœur j'ai mis mes espérances:
C'est toi qui soutiendras mes pénibles souffrances
Avec tes dix-huit ans.

Le printemps qui renaît, sourit a ta jeunesse.
Oh! dis! ne veux-tu pas augmenter sa richesse
En te mêlant aux fleurs?
De la rose des champs, de l'humble violette
Tu pourras approcher sans paraître indiscrète.
Et les nommer tes sœurs!

La beauté, les parfums qu'avril donne à nos plaines.
Les gerbes de cristal qui sortent des fontaines
Réjouiront tes yeux.
Te serait-il possible, aimable créature,
De contempler longtemps la joyeuse nature
D'un front silencieux?

Laisse-toi vivre, enfant. La saison est si belle
Qu'elle doit captiver l'âme la plus rebelle
Par ses dons enchanteurs.
Et toi, qui sais aimer du saint amour des anges,
Ne crois-tu point du ciel célébrer les louanges
Acceptant ses faveurs?

Il a créé pour tous les bois et les prairies,
Les lilas odorants, les épines fleuries
    Qui fêtent le printemps !
Après avoir tant fait pour embellir la terre,
Sa divine bonté serait-elle un mystère
    Aux yeux de ses enfants ?

Ce n'est que l'incrédule, au jugement frivole,
Qui n'admire pas Dieu dans l'oiseau qui s'envole,
    Dans l'insecte endormi !
De sa main créatrice, il protège et féconde. .
A son œil vigilant rien n'échappe en ce monde,
    Pas même la fourmi !

Puisqu'il nous a créés pour augmenter sa gloire,
A ses dons précieux ne devons-nous pas croire
    Ainsi qu'a son amour ?
Nous pourrions, par le doute, amoindrir sa clémence ;
Peut-être nous bannir par notre indifférence
    Du céleste séjour !

Pour reconnaître, enfant, du ciel les dons prospères,
Ne vas pas te livrer a ces folles chimeres
    Qui mènent à l'erreur.
Non ! garde ton cœur pur et ton âme si tendre,
Avec ces doux trésors ne dois-tu pas prétendre
    Au plus parfait bonheur ?

LA MARGUERITE

—

Pâle et modeste fleur, dans ce salon superbe,
Tu sembles regretter l'éclatant tapis d'herbe
     Qu'émaillait ta blancheur ;
Quel sera ton destin ? Tu n'en sais rien encore,
Mais on voit que tu crains, loin des jardins de Flore.
     De perdre ta fraîcheur.

Qui t'a donc enlevée aux fertiles prairies.
Pour te mêler, ce soir, au feu des pierreries
     Qui parent la beauté ?
Viens-tu pour comparer, ma blanche pâquerette.
Ces riches diamants que le miroir reflète,
     A ta simplicité ?

Dans ces vases de Chine où s'étale la rose.
Pas un regard ami sur toi ne se repose.
     Passe-t-on sans te voir ?
Une joyeuse enfant te caresse et te cueille,
Et sa main vigilante, en frémissant, t'effeuille.
     Tu deviens son espoir !...

« Il m'aime un peu, beaucoup, » sa douce voix hésite;
« Tendrement, pas du tout!... » Trompeuse marguerite,
      Dit-elle avec fureur...
Et puis frappant du pied la tige avec rudesse,
C'est ainsi que chacun doit punir la hardiesse
      D'un oracle menteur.

Hélas! c'est l'étourdi dans ce monde frivole,
L'insensé qui n'entend que flatteuse parole
      Et mensongers discours.
Comme la fleur des champs, la franchise est bannie,
Ou comme elle s'expose à voir la tyrannie
      Flétrir ses plus beaux jours!

Si le Ciel vous choisit pour embellir le monde,
N'allez pas vous livrer à cette erreur profonde
      D'écouter les flatteurs.
Cependant gardez-vous d'irriter leur sottise,
Pour ne pas supporter, par excès de franchise,
      Le sort de tant de fleurs.

L'AUTEL DE LA VIERGE

Du ciel, c'est la divine étoile ;
De notre terre, c'est l'espoir ;
Du pauvre nocher, c'est la voile ;
Pour tous, c'est le repos du soir !
Et vous, sa chaste bergerie ,
Suivez le fidele sentier,
Élus du saint cœur de Marie ,
A ses autels venez prier.

A l'exalter, votre langage ,
Faibles mortels, est impuissant ;
Mais vous lui donnerez pour gage
Un cœur pur et reconnaissant.
Si, comme une plante fleurie ,
Votre esprit veut fructifier,
Élus du saint cœur de Marie ,
A ses autels venez prier,

Dieu, dans sa féconde puissance,
En fit un chef-d'œuvre immortel !
Et le Verbe, avant sa naissance ,
Daigna le choisir pour autel !
Pour que cette mère chérie
Ne puisse pas vous oublier,
Élus du saint cœur de Marie.
A ses autels venez prier.

Votre joie est digne des anges.
Puisque vos chants mélodieux.
Redits par les saintes phalanges,
Célebrent la reine des Cieux !
Afin d'habiter la patrie
Que votre amour vient publier,
Élus du saint cœur de Marie,
A ses autels venez prier.

LA CHAMBRE DE MA MÈRE

—

Un soir, je m'en souviens, ma vénérable mère
Me faisait réciter ma petite prière,
Je suivais son regard élevé vers les cieux,
Quand tout à coup des pleurs inondèrent ses yeux.
J'étais trop jeune encor pour comprendre grand chose
A ce chagrin muet dont j'ignorais la cause..
Et pourtant je lui dis   Mère ne pleure plus,
Je vais prier pour toi le bel enfant Jésus!
Je savais près du lit une pieuse image,
Représentant Marie et Jésus en bas âge,
J'allais tendre vers eux mes deux bras suppliants,
Lorsque je crus les voir me fixer, souriants
La lune, en ce moment, rayonnait magnifique.
Éclairant le parquet de cette chambre antique,
Ma mère, qui me vit immobile et sans voix,
Crut que je convoitais le vieux cadre de bois ..
Elle me le tendit tout comme d'habitude,
Je le pris cette fois avec inquiétude,
Et lorsque je voulus le déposer sur moi,
Je ne pus maîtriser un indicible effroi!

Hélas! il m'échappa! j'étais toute tremblante!

Sur mon front la sueur arrivait abondante.

La lune, en se voilant, redoubla ma frayeur

Et me fit étouffer un grand cri de terreur.

Ma mère m'emporta près d'une galerie,

D'où l'on voyait la lune argenter la prairie;

Mais les saules pleureurs qui baignaient à demi

Leur rameaux gracieux dans le lac endormi,

Mais les muguets ouverts prodiguant leur arôme.

Ne furent plus pour moi qu'un véritable atome

Et la brise du soir aux sons harmonieux,

Pour mon oreille n'eut qu'un murmure ennuyeux.

La bonne vint bientôt, alluma deux bougies,

Et vit a leur clarté mes paupières rougies...

Que s'est-il donc passé? Mais qu'a la pauvre enfant.

Disait la vieille fille en me déshabillant.

Je ne répondais rien . visiblement émue,

Je gardais le silence et détournais la vue...

Et du doigt je montrais l'objet mystérieux

Qui, depuis un instant, me suivait en tous lieux.

Bientôt je m'expliquai, car ma mère chérie

Ne me passait jamais une mutinerie;

Et dès qu'elle sut tout, s'emparant doucement

Du tableau que la bonne avait en ce moment .

Mon enfant, me dit-elle, avec sa voix si douce,

Qu'on eut dit un oiseau se plaignant dans la mousse,

« Tu voulais, disais-tu, de ces êtres divins

» Obtenir en priant, la fin de mes chagrins,

» Et lorsqu'a tes souhaits ils ont semblé sourire,

» Je te vois effrayée et ta parole expire ;
» Pourquoi t'épouvanter de ces regards si beaux
» Que le peintre inspiré tira de ses pinceaux ? »
Ma mère était aimante et, quoiqu'un peu sévère,
Sa tendresse pour moi n'était plus un mystère,
Aussi sur ses genoux je revins me placer,
Et reçus mon pardon avec un doux baiser.

. . ..

Je m'endormis fort tard et des songes burlesques
M'offrirent des tableaux de formes gigantesques.
Cent yeux qui se mouvaient dans un brillant soleil
Vinrent heureusement provoquer mon réveil.
Et, pendant bien longtemps, je ne pus me defendre
D'un malaise visible en rentrant dans la chambre,
Et quand je m'y trouvais aux approches du soir,
C'était loin du tableau qu'on me voyait m'asseoir.
Mais quand les premiers jours de mon adolescence
Chassèrent les terreurs de ma crédule enfance,
J'aurais bien désiré posséder ce tableau
Qui m'avait effrayé au sortir du berceau ;
Hélas ! nous étions loin de la chère demeure,
Que pas un d'entre nous n'a revue a cette heure.
De grands événements, accomplis en un jour,
Semblaient nous en bannir sans espoir de retour.
Pour ma pensée en deuil elle est encor déserte
J'en crois voir l'intérieur par la porte entr'ouverte .
Le lit est toujours la . le fauteuil de noyer
Est bien comme autrefois placé près du foyer,
Sur le bahut de chêne, un crucifix d'ivoire

Repose dans le fond de sa niche de moire:
Tout vit, jusqu'au tableau dont j'ai souvent parlé,
Qui, depuis ma frayeur, resta toujours voilé...
....

La chambre maternelle est tout pour la famille,
C'est le beau ciel d'azur où son étoile brille;
C'est l'humble sanctuaire où s'abritent ses fleurs
Et que son cher gardien parfume de ses pleurs.
Elle est toujours présente à la moindre pensée.
On y vient ranimer une vie effacée;
On y rentre en tremblant, on y parle tout bas.
Retenant son haleine et le bruit de ses pas.
Là, rien d'inaperçu! Pas même un vieux rosaire
Que le triste abandon a couvert de poussière.
Amis silencieux, vous attendez toujours...
Mais ceux qui sont absents n'espèrent rien des jours...
Je voudrais vous revoir! Après ces trente années
Que l'aveugle destin de son souffle a fanées,
Je voudrais vous revoir! Mais, non! mon pauvre cœur
Ne pourrait près de vous retrouver le bonheur.
....

Le temps qui détruit tout en s'envolant rapide,
Ne peut ternir l'éclat de cet amour limpide;
Riche et pauvre, chacun en fait son juste orgueil,
Et le vieillard l'emporte au fond de son cercueil.

QUE DIEU M'EXAUCE !

—

Acrostiche

—

Je n'ai pas encor vu l'ange pour qui je prie,
Et cependant déja je connais son bon cœur,
Aussi, voilà pourquoi je demande a Marie,
Non les plaisirs mondains qui menent a l'erreur.
Non ! ce que je souhaite a cette enfant cherie,
Est un cœur digne d'elle assurant son bonheur !

A NOTRE SAINT-PÈRE LE PAPE

—

Dieu nous voit

—

L'Éternel, irrité, nous dit qu'il faut combattre.
Les phalanges d'en haut nous promettent appui
Enfants! que le danger, bien loin de nous abattre,
Prouve a tout l'univers notre force aujourd'hui!

Refrain.

Oui! le triomphe est promis a nos armes!
Nos ennemis tremblent de toutes parts.
Pour terminer notre crainte et nos larmes,
Dieu, nuit et jour, guide nos étendards!

L'injustice a du ciel mérité la colère.
Malheur aux cœurs sans foi, de notre amour jaloux!
Déja, pour les punir, notre ange tutélaire
Fait briller à nos yeux un avenir plus doux!

6

Oui! le triomphe est promis à nos armes!
Nos ennemis tremblent de toutes parts.
Pour terminer notre crainte et nos larmes,
Dieu, nuit et jour, guide nos étendards!

Comme l'on vit jadis, auprès de Paul-Émile.
La jeunesse attendrie, honorer son retour,
Nous viendrons, nous aussi, dans l'éternelle ville,
Jurer à notre père un éternel amour!

Oui! le triomphe est promis à nos armes!
Nos ennemis tremblent de toutes parts.
Pour terminer notre crainte et nos larmes.
Dieu, nuit et jour, guide nos étendards!

AUX SPIRITES DE M...

—

Spirites ardents, n'est-ce point la démence
Qui vous pousse à braver la divine clémence
De ce Dieu de bonté qui, loin de vous punir,
A voulu par amour vous cacher l'avenir?
Nul ne saurait fléchir sa volonté suprême,
Interroger les morts, n'est-ce pas un blaspheme?
Attendez!... nous courons a cette eternité,
Que vous compromettez avec témérité

. . . .

Propager votre foi, chacun de vous le tente,
Voila, nous dites-vous, notre but, notre attente
Vous espérez prouver. quoi? vous n'en savez rien.
A chercher l'infini vous perdez le vrai bien.
Comment nommer la foi dirigeant votre route?
Cet esprit haletant, accroché par le doute,
Qui vous parle du ciel et rit de Lucifer,
Qui vous trompe en niant les peines de l'enfer.
Hélas! défiez-vous de ces rêves étranges,
Ils vous sont envoyés par l'un des mauvais anges

Ils laissent dans le cœur, une lie, un poison
Qui doit éteindre en vous la vie ou la raison.
Confiez-vous en Dieu, sachez que sa justice
A dû, pour les méchants, créer l'affreux supplice
Que semble redouter votre esprit aux abois.
Quand votre âme en secret fait entendre sa voix.

....

Un astrologue, un jour, nous a dit la Fontaine,
Suivait à l'horizon une ligne incertaine,
Lorsque tout près de lui se trouvait, par malheur.
Un puits large et fangeux, d'énorme profondeur.
Hélas! il y tomba, non sans de longs murmures.
Maudissant à la fois le puits et ses blessures.
Un passant qui le vit, lui dit : « C'est une erreur,
» Modérez, s'il vous plaît, votre injuste fureur;
» Vous pouviez éviter cette fâcheuse affaire. »
Mais, reprit le savant, comment fallait-il faire?
« Regarder a vos pieds, » dit l'autre doucement,
Avant de consulter astres et firmament.

....

N'allez-vous pas aussi, voyageant dans les nues.
Chercher, tout comme lui, des choses inconnues?
Et ne craignez-vous point de trouver sous vos pas
Un abîme sans fond, que vous ne voyez pas?
Hâtez-vous, il est temps, fuyez cette doctrine;
Un venin destructeur a formé sa racine.
De ses rameaux flétris n'attendez point de fleurs:
Pour récolte, plus tard, vous n'aurez que des pleurs.

CONSEIL A UNE MÈRE DE FAMILLE

—

Souvenir

—

Vous que la charité nous offre pour modèle,
Vous que l'on voit sans cesse au foyer du malheur,
A vos pieux devoirs, restez toujours fidèle,
N'oubliez pas que Dieu nous fit pour la douleur[1]

Au sombre désespoir ne livrez pas votre âme,
Marie a vu son fils immolé sur la croix.
Elle endura pour lui la souffrance et le blâme,
Et son cœur maternel fut percé mille fois

Ne repoussez jamais l'immortelle espérance,
Sur le sol de l'exil, elle soutient nos pas[1]...
C'est elle qui nous dit . Supportez la souffrance,
Puisque votre patrie est loin d'être ici-bas..

Du Seigneur écoutez les paroles divines,
Quand il s'adresse à ceux qui répandent des pleurs :
Vous, dit-il, qui portez la couronne d'épines,
Venez, je veux au ciel, vous couronner de fleurs!

LE RÊVE D'UNE MÈRE

—

Quitter les cieux pour habiter ce monde,
Ange chéri, quel est donc ton espoir?
Je crains pour toi la tempête qui gronde,
Que feras-tu, si le ciel devient noir?
Que feras-tu, si, par malheur, se voile
L'astre des nuits qui te montre le port?
J'ai peur, bien peur, enfant, pas une étoile
Pour t'éclairer, hélas! quel triste sort!

Mon cœur frémit! a genoux sur la grève,
Je vois au loin ton esquif sur les flots.
Eh quoi! sombrer! mon Dieu, serait-ce un rêve?
Ma voix t'implore au milieu des sanglots
Bonté des cieux, épargne ma tendresse;
De ton amour je n'ai jamais douté.
Reprends ma vie et ma triste vieillesse,
Ou laisse-moi mon ange de bonté.

Pourquoi douter, tout me dit : Bon courage !...
Le vent se calme et le ciel devient pur.
Sans nul danger, sans redouter l'orage,
Tu peux voguer sur cette mer d'azur !
Je savais que celle qu'on révère
Protégerait mon enfant ici-bas...
Vierge, merci ! comme vous je suis mère,
Et mon enfant ne vous oubliera pas.

CHANTEZ TOUJOURS

—

A mes enfants

—

Le passereau, sous la fraîche ramée,
Ne songe plus aux funestes autans.
Chaque matin, sa chanson bien-aimée
Annonce à tous le retour du printemps.
Du chantre ailé vous avez la voix pure,
Son innocence et sa légèreté ;
Et, comme lui, du Dieu de la nature
Vous recevez votre félicité.

Sous les ormeaux, la colombe si douce
Cherche un abri pour ses chastes amours,
Quand son ami forme le nid de mousse,
Qui doit charmer la saison des beaux jours.
Du chantre ailé vous avez la voix pure.
Son innocence et sa légéreté,
Et, comme lui, du Dieu de la nature
Vous recevez votre félicité.

Si l'oiseleur, dans ses chasses cruelles,
Trouble un instant sa bruyante gaîté,
Il chante encor, songeant qu'il a des ailes,
Car le bonheur naît de la liberté!
Du chantre ailé vous avez la voix pure,
Son innocence et sa légèreté;
Et, comme lui, du Dieu de la nature
Vous recevez votre félicité.

Gardez, enfants, ces trésors de votre âge;
N'enviez pas la gloire et ses lauriers...
Comme un roseau que brise un vent d'orage
Tombent parfois et grandeurs et guerriers!
Du chantre ailé vous avez la voix pure,
Son innocence et sa légèreté;
Et, comme lui, du Dieu de la nature
Vous recevez votre félicité.

LE LEVER DU SOLEIL

—

L'aube vient de chasser la nuit ! .
Le jour commence sa carrière,
L'homme, sa course aventurière
Au milieu du trouble et du bruit.
Le soleil fait briller les gerbes
De sa couronne aux feux superbes,
Heureux de reprendre son cours.
Aussitôt tout s'anime et chante
Devant la majesté touchante
De l'astre rayonnant des jours !
L'oiseau, par un joyeux langage,
Semble saluer le ciel bleu,
La fleur, éveillée au bocage,
Lance son doux parfum vers Dieu.
L'enfant, en rouvrant la paupière,
Sourit au baiser maternel,
Et la nature tout entière
Vient remercier l'Eternel !

———

A M. A. DE LAMARTINE

—

A l'occasion de la mort de madame de Lamartine

—

Le Seigneur, en créant le chêne au front superbe,
N'oublia pas non plus la fleur et le brin d'herbe :
Il ne négligea rien . Pour les petits oiseaux
Il fit les champs, les bois et l'onde des ruisseaux.
. . . . . . , ...

Maître, quand votre voix éloquente et profonde.
En fécondant les cœurs, électrisait le monde,
Quand la voix, qui peignit Laurence et Jocelyn,
S'éleva, protégeant la veuve et l'orphelin,
L'Univers écoutait, car le Seigneur lui même
Vous donna sa parole en ce moment suprême.
J'applaudissais, joyeuse, au mérite, au savoir
Du sublime orateur que Paris courait voir

Je vous croyais heureux ! Ma profonde ignorance
Ne vous montrait a moi qu'entouré d'espérance.
Le bonheur naît souvent des heureux qu'on a faits ;
Si j'ignorais vos maux, je savais vos bienfaits.

Je me trompais, hélas! Quand, depuis trente années,
Le plus grand des chagrins attriste vos journées ;
Il accable vos nuits, il s'attache à vos pas.
Le vaincre ou le chasser vous ne le voulez pas.

Lorsqu'en ce moment même une perte cruelle
Ajoute à vos tourments une peine nouvelle,
Vous l'aimez, au contraire, au lieu de le bannir,
Alors qu'il vous ramène un cuisant souvenir...
Il parle à votre cœur dans un puissant langage,
Et votre âme éprouvée y puise son courage
Laissez-moi partager votre amère douleur,
Vous qui savez si bien soulager le malheur !

Vous, mon divin poëte ! à l'âme douce et pure,
Oh ! ne dédaignez pas le luth de la nature.
La modeste fauvette, ignorée au vallon,
Peut redire en ses chants les malheurs d'Apollon.
Vous avez inspiré sa faible poésie,
Dont le parfum lui vient de vos fleurs d'ambroisie.
Laissez-lui le bonheur de pleurer avec vous
Les anges envolés, regrettés parmi nous.

Écoutez les accents d'une voix inconnue.
Hélas ! pour elle aussi la souffrance est venue...
Accueillez mon hommage aux malheurs, aux revers,
La source est dans mon cœur et le jet dans ces vers.

CE QU'EST LA VIE!

—

La vie est comme un fleuve
Où notre âme s'abreuve
D'ennui, d'affliction ;
Qui trompe comme un rêve
Et que souvent achève
Une déception...

La vie est une route
Où se cache le doute
Qui surgit tôt ou tard,
C'est une onde qui passe,
Comme l'air dans l'espace.
Et s'enfuit au hasard

La vie c-t la souffrance
Dont l'aimable espérance
Sait bercer les douleurs ;
C'est le fantôme sombre
Qui distille dans l'ombre,
A chaque instant, des pleurs

La vie est un calice
Que souille la malice
D'un ingrat ou d'un sot :
C'est la mer infidèle
Qui brise la nacelle
Du pauvre matelot.

Pour moi, c'est le nuage
Qui renferme l'orage
Qu'on ne peut conjurcr ;
C'est la nuit qui se voile,
Sans laisser une étoile
Au ciel pour m'éclairer !

L'ENFANT ET LE GRILLON

—

Un enfant de huit ans chassait dans la prairie
La verte demoiselle et le gai papillon,
Quand à ses pieds il vit, parmi l'herbe fleurie,
Se cacher, en tremblant, un tout petit grillon.
Le bambin, dédaigneux, lui dit · « Fuis sous ton herbe !
» Cache a tous les regards ta lugubre couleur,
» Vois d'ici rayonner ce papillon superbe ;
» A sa beauté compare un moment ta laideur ! »

Le modeste grillon reprit avec finesse
« Il est vrai, je suis laid, sans mérite apparent.
» Mais mon chant, qui pour vous semble plein de tristesse
» Sous le chaume, le soir, paraît bien différent
» La beauté, le savoir, que tout le monde envie,
» Croyez-moi, cher enfant, ne font pas le bonheur.
» Qui voudrait plaire à tous dans cette triste vie
» Serait sans cesse en proie a l'amère douleur. »

Mais le folâtre enfant, riant de la morale,
Moissonne ailes et fleurs de ses doigts gracieux.

7

Aspirant a longs traits la brise matinale.
Tandis que le grillon regarde, soucieux;
Disant . « Pour être heureux, choisissons la retraite.
» Car briller un instant souvent coûte trop cher!... »
L'éclat du papillon n'est pas ce qu'il souhaite...
Pour lui l'obscurité n'eut jamais rien d'amer.

L'enfant, devenu grand, se rappelle à cette heure
Les avis qu'il reçut du généreux grillon :
« Sa part de tous les biens fut, dit-il, la meilleure.
» Ah! fuyons comme lui le sort du papillon.
» Il n'est que des jaloux sur la terre où nous sommes.
» On est a plaindre, hélas! dès qu'on vit recherché.
» L'amitié, je le sais, n'est plus parmi les hommes;
» Pour être heureux toujours, il faut vivre caché!... »

LE DISCIPLINAIRE

—

Pauvre nocher, au sein de la tempête,
J'ai, mais en vain, conjuré le danger.
Aux éléments, déchaînés sur ma tête,
Je n'opposais qu'un effort passager...
Le vent se calme et pourtant je chancelle;
Je reste morne, au lieu d'un doux transport;
Sans nul secours, je vois que ma nacelle
Ne peut, hélas! me reconduire au port...

Le souvenir quelquefois me ramene
A l'âge heureux ou l'on ne doute pas,
Ou, jeune enfant, comme le lierre au chêne,
Je m'attachais chaque jour a vos pas!
Tout mon bonheur a fui dans la nuit sombre;
A mes côtés la douleur vient s'asseoir;
Je n'entends plus, parmi des bruits sans nombre,
L'hymne joyeux de la brise du soir.

Oiseau plaintif, je songe au vert bocage
Où je fêtais l'aurore au front vermeil;
Où, libre alors, j'ignorais de la cage
Les jours sans joie et les nuits sans sommeil.
Ma faible voix, condamnée et craintive,
Ne peut ici retrouver sa gaîté...
Rendez l'essor à mon aile captive,
Au prisonnier donnez la liberté!

LE MOIS DE MARIE

—

La riante nature
Étale sa parure
A nos regards charmés.
Ce beau mois a main pleine
Épanche dans la plaine
Ses trésors parfumés.

. ...

D'éclatants boutons d'or émaillent les prairies.
Les jolis papilons rayonnent au soleil;
L'abeille, en bourdonnant sur les plantes fleuries,
Butine avec amour de quoi former son miel

Les troupeaux bondissant paissent le thym sauvage.
Tandis que des bergers soupirent les hautbois.
La brise en folâtrant caresse le rivage,
Et les petits oiseaux gazouillent dans les bois.

Ce mois plaît au vieillard, il sourit a l'enfance,
De l'orpheline en deuil, il calme la douleur,
Il réchauffe, embellit le toit de l'indigence.
Et parle à tous d'espoir, de joie et de bonheur.

....

Quittons notre demeure, enfants, la cloche tinte:
C'est l'heure de prier, voici la fin du jour:
Allons mêler nos voix à la prière sainte
Qu'offre notre pasteur à la mère d'amour.

Sur un trône de fleurs, avec son blanc cortége.
Sa beauté merveilleuse attire tous les yeux;
Prions tous, a genoux, celle qui nous protège
Si nous voulons plus tard la posséder aux cieux.

Venez, petits enfants; accourez, jeunes filles,
De la reine du ciel vous serez reconnus!
Implorez son appui pour vos chères familles.
Elle chérit l'enfance et les cœurs ingénus.

De suaves parfums remplissent la chapelle,
L'orgue porte nos chants jusqu'au plus haut des airs;
Célébrons à l'envi sa grâce maternelle,
Répétons de Sion les célestes concerts.

. . . .

La voix manque a mon cœur pour chanter tes louanges,
Je suis anéantie au pied de ton autel,
Je crois entendre ici le plus aimé des anges
Dire . *Ave Maria*, le cantique immortel!

Ma mère, comme Job, l'élu de la souffrance,
J'offre à Dieu tous mes maux sans désirer guérir..
Mais ton divin regard semble dire : *Espérance!*
O ma mère a tes pieds, je veux vivre et mourir'

L'ANGE DE LA NUIT

—

Dieu, parmi des anges sans nombre,
M'a choisi pour veiller dans l'ombre
A l'utilité de ces lieux ;
Docile a la voix de mon père,
Souvent je quitte, pour la terre,
La phalange ou je chante aux cieux.
Lorsque la nuit sur son domaine
Etend son bras de souveraine,
Commandant au jour qui s'enfuit.
A son aspect mes blanches ailes
Quittent les voûtes éternelles,
Car je suis l'ange de la nuit.

C'est moi qui dirige les brises
Sur la mer et les roches grises ;
Pour ramener le vieux pêcheur,
J'allège sa trop lourde rame,
En versant l'espoir dans son âme.
Sur son front blanchi, la fraîcheur.
Souvent pour la barque sans voile.
Au ciel je fais briller l'étoile

Qui la rassure et la conduit;
Je deviens ainsi sa boussole
Quand l'obscurité la désole...
Car je suis l'ange de la nuit.

Dans le silence, au cœur frivole
J'envoie une douce parole
Et l'espérance du pardon.
Ainsi, par ma voix ramenée,
Une âme à l'oubli condamnée
Voit cesser son triste abandon.
L'erreur, dont j'adoucis la couche,
Retrouve toujours dans ma bouche
La source d'un bonheur détruit.
Tout bas avec elle je pleure,
Et je protège sa demeure;
Car je suis l'ange de la nuit.

Sur l'enfance a tête rosée.
Je laisse planer ma pensée
Comme l'abeille sur les fleurs.
Pour elle a chaque instant je prie,
Afin que la Vierge Marie
De ses yeux écarte les pleurs.
Et tandis qu'elle dort, je veille,
Faisant mourir à son oreille
Tout mensonge comme tout bruit:
Et puis, de mon aile rapide,

J'environne son front limpide ;
Car je suis l'ange de la nuit.

Si le vieillard, dans les souffrances,
Voit déserter les espérances
Qui peuplaient autrefois son cœur,
Par moi bientôt il les oublie,
Et sans regret pour cette vie,
Il songe à son futur bonheur.
La foi, cette sainte lumière,
Éclairant son heure dernière,
Comme un phare à son cœur reluit,
Et le sommeil vient plein de charmes
A mon aspect sécher ses larmes ;
Car je suis l'ange de la nuit !

HOMMAGE FILIAL

—

Combien je suis heùreux, c'est ta fête, ô mon pere !
Mais comment t'exprimer mon bonheur aujourd'hui ?
J'étais dans l'embarras, quand la voix de ma mere
      Vint me servir d'appui.

Va ! mon fils, me dit-elle, on possede a ton âge,
Pour se faire écouter, bien plus que le talent...
L'innocence surtout est le plus doux hommage
      Qu'offre le jeune enfant.

Encouragé, joyeux, j'accours, sûr de te plaire,
Je vole dans tes bras, maman m'a tout appris ..
Puisque tu fus toujours mon ange tutelaire,
      Oh ! je serai compris.

Daigne accueillir ces fleurs, c'est ma petite offrande,
Désormais, oui, je veux en joncher ton sentier,
Mon cœur, mon jeune cœur, que le Seigneur m'entende,
      Est a toi tout entier.

LE VOYAGE DU SIEUR IF.

—

Matelot par trop chétif,
Où vas-tu sur ton esquif?
Tu devrais être pensif,
Voguant si près d'un récif.
Au lieu de rester oisif,
Mieux vaudrait être attentif;
Prendre un moyen décisif
Dans le danger excessif.

Par un élan convulsif
Est parti le fugitif;
Reviendra t-il plus actif
Et surtout moins évasif?
Racontant d'un air naïf
Son état si maladif,
Que lui sert d'être inventif,
Quand on connaît son passif

Il fut pris et fait captif,
Chez un valeureux shrif,
Dont l'air trop rébarbatif
Le rendait moins expansif.
Il viendra, pauvre rétif,
Un peu communicatif,
Connaissant le positif
De son malheureux actif.

Le jeune homme ampliatif,
Par la suite est très-fautif,
Car tout devient relatif
Dans un cœur vindicatif.
Le mensonge trop hâtif,
A tout âge est répulsif,
Fort souvent indicatif
D'un mal toujours progressif.

PAUVRE FLEUR!

Poëte au cœur de feu, quelle peine t'afflige?
Quel horrible tourment a terni ton regard?
L'orage, pauvre fleur, t'effeuille sur ta tige
Et jette sur le sol ta dépouille au hasard!

Qui donc t'a confiée aux mains du mercenaire
Qui te voit te flétrir sans regret, sans douleur?
Tu ne plais plus, sans doute, à son âme vulgaire;
La mort, si l'on t'oublie, est un bien, pauvre fleur...
....

Il te fallait pour vivre une terre riante,
Un ciel toujours d'azur, un rayon de soleil,
Le souffle de la brise et sa voix caressante,
Puis l'insecte amoureux pour aspirer ton miel.

Loin de tous ses bienfaits tu languissais dans l'ombre;
Si faible et sans appui, pouvais-tu résister?
Dès le matin, ton ciel s'annonça triste et sombre;
Avec si peu d'espoir... que peux-tu regretter?

Ici, pour tous, vois-tu, la vie est chose amère,
Le bonheur n'est réel qu'au céleste séjour...
Réjouis-toi plutôt, pauvre fleur éphémère,
Que ton destin ne soit de régner qu'un seul jour!

SUR LA TOMBE DE MON PETIT COUSIN A. G.

—

O mon petit ami, de la sainte patrie,
Où plane ta belle âme, exempte de douleurs,
Ne vois-tu pas ici ta famille chérie
Répandre sur ta tombe un déluge de pleurs?...·

Cher enfant que j'aimais, daigne écouter ma lyre,
Je veux, seule a tes pieds, faire entendre ma voix.
Du haut de ta splendeur dans mon cœur tu peux lire,
Et tu sais l'amitié que je porte a ta croix.

Des bienheureux élus l'immortelle couronne
A ceint depuis longtemps ton front toujours si pur,
Comme les Séraphins au pied du divin trône,
Tu reposes joyeux dans un rayon d'azur.

Dors en paix, cher Arthur, ta part est la meilleure.
A nous tous les chagrins, les tourments d'ici-bas.
A toi l'amour des cieux et l'extase a toute heure,
A toi tous ces trésors que nous ne savons pas

L'ANGE DU RÉVEIL

C'est moi qui soulève et colore
L'écharpe de la blonde Aurore,
Et parfume les horizons.
Et mes mains au-dessus des plaines,
Semblables à des coupes pleines,
Versent les fleurs et les moissons
Et lorsque la dernière étoile
Pâlit, me salue et se voile
Devant mon trône de vermeil,
La fleur, par mes soins balancée,
Sourit en buvant la rosée;
Car je suis l'ange du réveil.

Vent du matin, brise embaumée.
Agite la fraîche ramée,
Où dort encor l'oiseau des bois!
Torrents, ruisseaux, sources limpides,
Reprenez vos courses rapides ..
Dieu vous l'ordonne par ma voix!

J'arrive... et l'hôte du bocage
Nettoie et lisse son plumage
En chassant l'importun sommeil.
Ce chantre, ami de la nature,
Me doit sa chanson la plus pure,
Car je suis l'ange du réveil.

Les papillons, les demoiselles.
En rouvrant leurs charmantes ailes,
Semblent fêter le nouveau jour...
Les blancs agneaux des bergeries
Et les insectes des prairies
Désirent aussi mon retour.
L'abeille, au sein des frais calices
Des roses, qui font ses délices,
Me bénit en formant son miel.
De l'azur où je me balance
Rien n'échappe a ma vigilance,
Car je suis l'ange du réveil.

Le soleil va dans la chaumière
Porter la joie et la lumière.
Dès que j'apparais en ces lieux,
A ma voix tout sort du mystère...
Ailes, plantes, toit solitaire,
Chantent et célèbrent les cieux.
C'est que pour tous, du divin trône,
Pareils aux fleurs d'une couronne.

Tombent un grain, un fruit vermeil;
Tous égaux devant ma tendresse,
Leur bonheur m'occupe sans cesse.
Car je suis l'ange du réveil.

L'enfant, cette suave image
Qui reflète, charmant mirage,
La virginité de son cœur,
M'écoute avec son doux sourire
Et, dans le chant que je soupire,
Puise la foi de son bonheur.
Et le vieillard, dont la misère
A fait un nouveau Bélisaire.
Privé des regards du soleil,
Triomphe du pénible rêve
Qu'aussitôt ma présence acheve.
Car je suis l'ange du réveil.

AU PRINCE CZARTORYSKI

—

Le héros Polonais

—

CHANT PATRIOTIQUE

—

Beau Polonais, modèle de vaillance,
    Quel esprit dirige ta lance,
    Lorsque ton noir coursier s'élance.
    Semant le vertige et la mort?
    Guerrier, tu vas de ta patrie,
    De ta terre noble et chérie
    Chasser trois peuples en furie,
    De ton pays changer le sort!...

Fier de combattre au sein de la bataille,
    Tu vas affrontant la mitraille;
    A ton aspect chacun tressaille
    D'espoir, de crainte et de bonheur!...
    Ton nom, couronné par la gloire,
    Un jour enrichira l'histoire,
    O toi qui promets la victoire,
    Qui défends et sauves l'honneur!

Ton bras vainqueur, si bien fait pour la guerre,
    A déjà lancé le tonnerre ;
    La mort ne t'inquiète guère,
    Avant tout il faut conquérir !
    Que font et l'éclair et l'orage ?
    Le Seigneur aide ton courage ;
    Sa voix, au milieu du carnage,
    Te crie : Il faut vaincre ou mourir !...

De l'ennemi prend le front pour enclume.
    Brise tes fers, le canon fume !
    Va, ton coursier, tout blanc d'écume,
    Seconde ton bras, ta valeur !
    L'espoir est là, ton regard brille ;
    Au ciel ton étoile scintille !...
    C'est que plus d'une jeune fille
    A pour toi prié le Seigneur.

    Courage, ami, bonne espérance !
    Bientôt un chant de délivrance
    Nous apprendra que ta souffrance
    Fait place a la sérénité...
    Non ! plus de Pologne asservie !
    Chantez, enfants de Varsovie,
    Chantez, en dépit de l'envie,
    La paix, l'amour, la liberté !

SOUVIENS-TOI

—

Pauvre âme, en ta prison d'argile,
Tu dois songer au saint asile
    Qui fut créé pour toi.
Grand Dieu, qui reverdis les plaines
Et fécondes l'eau des fontaines,
    En ton amour j'ai foi!

Lorsque dans la douleur je veille,
Ta voix murmure a mon oreille.
    L'espoir est fils du ciel.
C'est pourquoi ma levre pâlie
Trouve encore au fond de la lie
    Une goutte de miel.

Hélas! je ne suis que poussière;
Mais on m'a dit que la prière
    Est le parfum des cœurs
Pourtant, toi qui le sais, tu donnes
A ceux qui t'aiment, pour couronnes,
    La souffrance et les pleurs!

Ta bonté pardonne à la plainte,
Aussi mon âme entend sans crainte
    Le mot : Éternité!...
Oh! mon âme laisse la terre,
Va pénétrer l'heureux mystère
    De l'immortalité!...

QUE TE FAUT-IL?

—

A ma fille

—

Que te faut-il pour vaincre ta tristesse?
Pourquoi, dis-moi, douter de l'avenir?
Quand le Seigneur veille sur ta jeunesse,
Ne dois-tu pas chaque jour le bénir?

Puisque la vie est une coupe pleine
D'ennuis, de maux qu'on ne saurait prévoir,
Comme l'oiseau qui chante dans la plaine,
Réjouis-toi sans attendre le soir.

Que te faut-il?... Pourquoi verser des larmes?
N'as-tu donc plus l'espérance et la foi?
Peut-être un mot détruirait tes alarmes.
Que te faut-il?... sans crainte, dis-le-moi!

N'asombris plus ta douce rêverie,
Ne ternis par ton regard par des pleurs;
Comme l'abeille, au sein de la prairie,
Vis de parfums, de soleil et de fleurs!

AU PRINCE CZARTORYSKI

—

Consolation

—

A vos nouveaux malheurs, prince, je m'associe,
Et de nombreux échos répèteront ma voix;
Alors que tous les maux vous brisent à la fois,
L'âme qui vous résiste est une âme endurcie.
Votre douleur immense affecte tous les cœurs
Et votre double deuil, que tout Français partage,
Nous fait apprécier, regretter davantage,
    Les anges qui causent vos pleurs!..

Ils vont prier là-haut pour leur chère patrie!
Et du ciel irrité, désarmant le courroux,
Ils obtiendront pour elle un sort propice et doux,
Loin des cruels tombeaux qu'offre la Sibérie...
O Pologne! il te faut la douce liberté!
L'Éternel l'a promise, espère et bon courage..
De ta foi bien sincère il a reçu pour gage
    Deux beaux anges de charité.

Par tes revers sans nombre, hélas! toute meurtrie,
Sur les maux de tes fils tu pleures tristement,
Et celui que la mort éprouve en ce moment
Peut dire à l'univers, qu'il t'a toujours chérie !·
Exauce les souhaits que je fais en ce jour,
Seigneur, pour amoindrir sa peine trop amère :
Oh! rends-lui le beau ciel où le berça sa mère,
    Comme étant son unique amour.

LA BRIGANTINE

—

Légère brigantine,
Quand ta voile s'incline
Au souffle du zéphir,
Doucement tu balances
Nos chères espérances
Sur des eaux de saphir.
  Berce,
   Berce,
Berce, chère nacelle,
Mes enfants sur les flots.
Et que leur voix se mêle
Aux chants des matelots.

Quand la rame docile
Fend la vague mobile
Du gouffre impétueux,
Dépassant le nuage
Tu gagnes le rivage
D'un air majestueux.
  Berce,
   Berce,
Berce, chère nacelle,
Mes enfants sur les flots,

Et que leur voix se mêle
Aux chants des matelots.

Notre vue est charmée
De la fraîche ramée
Se mirant dans les eaux ;
Notre oreille attentive
Entend près de la rive
Le doux chant des oiseaux.
    Berce,
    Berce,
Berce, chère nacelle,
Mes enfants sur les flots.
Et que leur voix se mêle
Aux chants des matelots.

Le plaisir nous apprête
Une joyeuse fête,
Venez, enfants chéris !
Il est doux à votre âge
De courir sous l'ombrage
Des amandiers fleuris.
    Berce,
    Berce,
Berce, chère nacelle,
Mes-enfants sur les flots.
Et que leur voix se mêle
Aux chants des matelots.

A MADAME E...

—

Poete aux chants naïfs, a l'âme douce et pure,
Qui, pour chanter, a pris le luth de la nature,
Comme pour t'amuser, sans art et sans labeur,
Sans soucis de briller, comme un besoin du cœur,

Qui répand dans notre être une indicible flamme,
L'ineffable harmonie, un noble amour de l'âme,
Pur et tendre reflet d'un céleste rayon,
Apporté jusqu'a nous des concerts de Sion.

Oh! oui, tu peux gravir sans efforts, sans audace,
Au séjour des neuf sœurs ou tu dois prendre place,
La couronne t'attend, et ton front toujours pur
Ne doit plus s'incliner dans le sentier obscur.

Oui, va! poursuis tes chants, ta noble destinée;
Avec le dieu des vers, fais un double hyménée,
Ton règne sera doux, tu séduiras les cœurs
Par la belle élégie et ses doux chants de pleurs.

9

Mais ne t'abuse pas, tu verras sur la terre
Plus d'un esprit jaloux, plus d'une âme vulgaire,
Qui te disputeront ta couronne et tes droits;
Ne t'en occupe point, vis sous tes douces lois.

Comme l'abeille, jeune, active,
Butinant sur la sensitive,
Enivre-toi d'un doux nectar,
Repousse et le fiel et le fard.

Et qu'importe, après tout, la maligne critique;
Elle ne peut atteindre à ta muse angélique,
Reflétant l'abandon de tes tendres discours;
Pour l'honneur de la lyre, enfant, chante toujours.

A MADEMOISELLE JEANNE DUFAUR

—

Un ange de la terre

—

Plus blanche que l'hermine,
Que la blanche aubépine,
Que le lis parfumé;
Plus fraîche que la rose,
Nouvellement éclose
Aux doux rayons de mai.

Refrain.

Plus pure que la manne
Qui nous venait des cieux,
Est la charmante Jeanne,
Au front chaste, aux doux yeux.

Plus douce que la mousse
Que la colombe douce,
Que l'arôme des fleurs.
Plus limpide que l'onde.

Que la sourde féconde,
Que la rosée en pleurs.
Plus pure que la manne
Qui nous venait des cieux,
Est la charmante Jeanne,
Au front chaste, aux doux yeux.

Plus tendre que l'aurore,
Que le printemps colore
De son feu le plus pur.
Plus belle que l'étoile
Qui, dans la nuit sans voile.
Se baigne dans l'azur.
Plus pure que la manne
Qui nous venait des cieux,
Est la charmante Jeanne,
Au front chaste, aux doux yeux.

Semblable à son bel ange
Qui laissa sa phalange
Pour veiller sur ses jours,
Partout elle doit plaire,
Car son âme sincère
Se dévoile toujours.
Plus pure que la manne
Qui nous venait des cieux,
Est la charmante Jeanne,
Au front chaste, aux doux yeux.

UNE FÊTE AU VILLAGE

Couplets chantés au maire de la Tremblade, pour l'inauguration des bains

—

Déjà sur la rive on se presse,
Petits et grands, tous sont joyeux,
Chacun se livre à l'allégresse;
La joie anime tous les yeux.

Refrain.

Car c'est la fête du village,
Courons, courons, courons aux plaisirs,
Suivons cette foule volage;
Courons, courons, courons aux plaisirs.
Amis, ce jour vient combler nos désirs.
Tra la la la la la la la la.

Voyez, bercés par l'onde pure,
Mille charmants petits canots,
Tout fiers de la blanche voilure
Dont les parent leurs matelots.

Car c'est la fête du village,
Courons, courons, courons aux plaisirs;
Suivons cette foule volage;
Courons, courons, courons aux plaisirs;
Amis, ce jour vient combler nos désirs.
Tra la la la la la la la la la.

Nous pouvons, bravant l'étiquette,
Folâtrer sous les sapins verts;
Tandis que, sur la fraîche herbette,
On dresse, en chantant, nos couverts.
Car c'est la fête du village,
Courons, courons, courons aux plaisirs;
Suivons cette foule volage;
Courons, courons, courons aux plaisirs:
Amis, ce jour vient combler nos désirs.
Tra la la la la la la la la la.

Mais puisque, dans ce triste monde,
Les ris, les jeux sont inconstants,
Puisque le temps fuit comme l'onde,
Profitons de ces doux instants.
Car c'est la fête du village,
Courons, courons, courons aux plaisirs;
Suivons cette foule volage;
Courons, courons, courons aux plaisirs;
Amis, ce jour vient combler nos désirs,
Tra la la la la la la la la la.

LA ROSE ET LA VIOLETTE

—

Dans un vaste jardin, une rose orgueilleuse,
Au souffle du zéphir, se balançait joyeuse,
   Disant avec hauteur .
« Combien de tristes fleurs, qui végetent dans l'herbe,
» Jalousent mon éclat, ma corolle superbe
   » Et ma douce senteur! »

« Il est vrai, » répondit une humble violette,
Qui, sous l'herbe, a ses pieds, se cachait inquiète,
   « Vous avez la beauté
» Qui fait que, parmi nous, vous êtes toujours reine.
» Beau titre, disons-le, dont vous êtes trop vaine,
   » Charmante majesté.

» Croyez-moi bien, ma sœur, chassez cette chimère;
» Pour vous comme pour moi, la vie est éphémère
   » Et n'a point de retour.
» Qu'importe après cela votre gloire passée,
» Le zéphir, en roulant votre tige brisée,
   » Oubliera son amour!

» Non, rien n'est comparable à vos grâces divines.
» En vous, tout plaît, séduit, tout jusqu'à vos épines
       » Qui blessent cependant.
» Mais de vos mille attraits pouvez-vous être fière,
» Quand vous savez, ma sœur, que votre vie entière
       » Est parfois d'un instant?

» Pour vous, s'il est heureux de vous voir recherchée:
» Pour moi, croyez-le-bien, c'est de vivre cachée
       » A l'ombre des grands bois;
» De subir sans regret ma courte destinée
» Qui m'oblige souvent d'achever ma journée
       » Au corset villageois.

» Tous ces charmes d'un jour qui vous font admirable
» Disparaissent, ma sœur, comme le grain de sable
       » Emporté par le vent.
» Votre sein gracieux, sous le dard de l'abeille,
» Perd de son doux parfum, de sa couleur vermeille
       » Et se flétrit souvent.»

Mais la rose étourdie, a ces mots irritée,
Et dans ce même instant par la brise agitée,
       Prit un air en courroux :
« De quoi vous mêlez-vous? dit-elle à l'indiscrète,
» Vous ne craignez donc pas d'attirer la tempête
       » Sur vos sœurs et sur vous?

» Vous pouvez, s'il vous plait et selon votre envie,
» Dans quelque endroit désert terminer votre vie,
　　　» Je ne vois rien de mieux.
» Allez prêcher ailleurs cette belle morale,
» Qu'a mes regards, en vain, votre sottise étale;
　　　» Fuyez loin de ces lieux.

» — Hélas! je le voudrais, répond l'autre sans haine;
» Mais l'aveugle destin, qui près de vous m'enchaîne,
　　　» Me dit, de bonne foi,
» Qu'a vos pieds je préserve une tige nouvelle.
» On peut avoir besoin, vous le voyez, ma belle,
　　　» D'un plus petit que soi! »

SOUVENIR

—

Berceuse

Te souvient-il, enfant joyeuse,
Lorsque ta mère bienheureuse,
Te retrouvant toujours ainsi ,
Rieuse,
Oubliait jusqu'au noir souci
Aussi.

Combien j'aimais voir demi-close,
Exhalant son parfum de rose,
Ta lèvre où le tendre souris
Se pose ;
Souvent mon cœur était épris ,
Supris!

Te souvient-il, âme fleurie,
De mes vœux à sainte Marie,
Afin de protéger l'enfant
   Chérie,
Qui me voit pour elle priant
   Souvent?

Combien j'aimais á la madone
Porter des fleurs pour sa couronne,
Pour que la mère de secours
   Te donne
Santé, vertus et de beaux jours
   Toujours!

Te souvient-il, ma chère Hermine,
De toute ta grâce enfantine?
Tu nous charmais par ton humeur
   Caline!
Enfant, je voue à ton bonheur
   Mon cœur!

Combien j'aimais, à la veillée,
Comtempler ta face éveillée,
Bien souvent par tes longs cheveux
   Voilée;
Quand tu disais d'un air joyeux .
   Je veux!

Te souvient-il de ma tristesse...
En lisant sur ton front : Jeunesse?...
Mon bel ange, n'entends-tu pas
    Sans cesse
Ce cœur qui veut suivre ici-bas
    Tes pas?

Combien j'aimais ta blonde enfance,
Ton berceau, séjour d'espérance!
Ton doux sommeil en vain disait :
    Silence!
Enfant, ton aspect séduisait,
    Charmait!

Aujourd'hui, comme alors, je t'aime !
De tous mes liens mon bien suprême!
Ange au front pur, quand a ton cœur
    De même,
Dieu dit . Où règne la candeur,
    Bonheur!

FAITES LA CHARITÉ

—

Riches! Dieu vous dota, pour calmer la souffrance;
Ne l'oubliez jamais, c'est la loi du Seigneur!
L'orphelin, le vieillard, n'ont que vous d'espérance.
Donnez, le bonheur vient a qui pense au malheur;
Car le ciel qui nous voit doit sourire à cette heure,
Quand votre main répand les dons de sa bonté.
Oh! oui, donnez toujours, aidez celui qui pleure:
Au nom de l'Eternel, faites la charité!

Comme autrefois Booz, consolez l'infortune;
Sans la faire rougir, soulagez ses douleurs.
Que la plainte jamais ne vous soit importune,
Songez que l'indigence a des droits a vos pleurs.
Car le ciel qui nous voit, bénit notre entreprise,
Pour arracher le pauvre a son adversité.
Donnez! pour arriver a la terre promise.
Au nom de l'Éternel, faites la charité!

Donnez! donnez toujours! donner à tant de charmes.
L'obole de la veuve est connue en tous lieux...
Et ceux dont votre main saura sécher les larmes
Iront graver un jour votre nom dans les cieux!
Car le ciel qui nous voit inscrit, en traits de flamme,
Le simple verre d'eau qu'attend la pauvreté.
Donnez peu, mais donnez, l'aumône élève l'âme!
Au nom de l'Éternel, faites la charité!

LES SOUHAITS D'UNE MÈRE

—

Refrain.

Encore un an qui fuit, encore un qui commence.
Encore un doux printemps qui succède a l'hiver,
Encor quelques beaux jours offerts a votre enfance,
Encore un pas pour vous qui n'aura rien d'amer.

Tous les souhaits qu'au ciel mon âme adresse
Sont pour vous seuls, enfants, n'en doutez pas
Dieu, m'exauçant, voudra que ma tendresse
N'ait pour vous deux rien a craindre ici-bas
Encore un an qui fuit, encore un qui commence.
Encore un doux printemps qui succede a l'hiver,
Encor quelques beaux jours offerts a votre enfance,
Encore un pas pour vous qui n'aura rien d'amer.

Je suis bien loin d'envier la richesse,
Les vains honneurs qui ne durent qu'un jour
Ce que je veux, pour vous, c'est la sagesse,
Sans elle. enfants, tout nous fuit tour a tour

10

Encore un an qui fuit, encore un qui commence,
Encore un doux printemps qui succède à l'hiver,
Encor quelques beaux jours offerts à votre enfance,
Encore un pas pour vous qui n'aura rien d'amer.

Soyez heureux sans chercher l'abondance,
Sachez toujours modérer vos désirs;
Le vrai bonheur n'est pas dans l'opulence,
La paix du cœur n'est pas dans les plaisirs!
Encore un an qui fuit, encore un qui commence,
Encore un doux printemps qui succède à l'hiver.
Encor quelques beaux jours offerts a votre enfance,
Encore un pas pour vous qui n'aura rien d'amer.

N'avez-vous pas, comme autrefois Tobie,
Pour vous guider un zélé conducteur?
N'avez-vous pas, pour essayer la vie,
Tout mon amour et mon bras protecteur?
Encore un an qui fuit, encore un qui commence,
Encore un doux printemps qui succède à l'hiver.
Encor quelques beaux jours offerts à votre enfance,
Encore un pas pour vous qui n'aura rien d'amer.

ENCORE A ELLE !

—

Enfant, dix-huit printemps, en passant sur ta tête,
N'ont laissé sous tes pas que des parfums de fleurs,
L'aurore de ta vie, exempte de tempête,
Ne me fait pressentir qu'un soir plein de douceurs.

Comme l'oiseau des champs caché sous le feuillage,
Dès le matin, ta voix vient fêter le ciel bleu.
Tu caresses des yeux la rose du bocage,
Et ton charmant réveil est une hymne au bon Dieu.

Ainsi qu'aux premiers jours de ta joyeuse enfance.
Sur ton front pur et blanc se révèle ton cœur,
Tu possedes de plus l'aimable adolescence
Qui fait qu'en te voyant on doit croire au bonheur

Conserve ces trésors, protège-les sans cesse,
Qu'une main mercenaire, enfant, n'y touche pas,
Tous ces dons, que le ciel prodigue a ta jeunesse,
Font, tu le sais deja, mon bonheur ici-bas.

Si Dieu veut exaucer ma fervente prière,
Te donner l'avenir qu'a rêvé mon amour,
Tu verras la gaîté briller sous ma paupière
Et mon cœur maternel s'applaudir chaque jour.

A MES JEUNES AMIES

—

Salut au premier jour de la nouvelle année,
Qui nous berce d'espoir, de joie et d'avenir!
Salut a vous, surtout, jeunesse fortunée,
A qui j'offre, joyeuse, un petit souvenir!   .

Aux souhaits de bonheur, formés par vos familles,
Ma voix ose mêler ses accents les plus doux;
Ne les repoussez pas. charmantes jeunes filles,
Comme mes faibles vers, mon cœur est tout a vous!

L'an qui fuit sans retour et celui qui commence
N'offrent a vos regards qu'un tissu d'heureux jours,
Ils n'amenent pour vous aucune différence,
En tous lieux, en tout temps, on vous aime toujours.

On aime a contempler votre ciel sans orage,
Votre aimable candeur, votre franche gaîte,
On aime quand vos yeux, comme un divin mirage,
Peignent votre belle âme et sa félicité.

Un ange tel que vous sourit à ma tendresse ;
Je ne puis m'empêcher d'en parler aujourd'hui :
C'est lui qui vers ses sœurs me dirige et me presse
En m'offrant son amour pour me servir d'appui.

Sa grâce à mon foyer comme un astre rayonne,
Il rajeunit ma voix en inspirant mon cœur...
Sans cesse auprès de moi. dans l'air qui m'environne,
Il verse chaque jour la paix et le bonheur.

. . . .

Sous les lambris dorés, dans la pauvre chaumière,
La jeune fille épanche un trésor enchanté :
Son parfum verginal, sa fraîcheur printanière,
Répandent sur nos pas le charme et la beauté.

Riche ou pauvre, qu'importe, elle est, sur cette terre.
L'ornement du palais ou l'appui du malheur,
L'orgueil d'un père heureux, ou l'ange tutélaire
Que Dieu réserve a l'homme aux longs jours de douleur.

. . . .

Fleurs, qui versez sur nous votre douce ambroisie,
Anges que le Seigneur daigna mettre ici-bas,
A vous seuls, désormais, ma chère poésie ;
Comme l'abeille aux fleurs je m'attache à vos pas.

LE PAPILLON BLEU

—

Gai papillon, hôte volage.
Aux ailes d'or et de saphir.
Que viens-tu faire en ce bocage?
Tu pourrais bien t'en repentir..

Puis a l'instant, fuis, téméraire!
Car des enfants, par bataillons,
Viennent ici faire la guerre
A tous les jolis papillons!

Et puis en toi, je vois l'emblême
Des jeux de la frivolite,
Ingrat, et l'on ajoute même
Que tu vis d'infidélité.

Et moi qui chéris la constance,
Dans l'amitie, dans les amours,
Je ne saurais voir ta présence .
Rusé, trompeur, fuis pour toujours'

LA FÊTE-DIEU

—

Que j'aime, tous les ans, quand vient la Fête-Dieu,
Voir des festons de fleurs embellir chaque lieu
Quand chaumière et palais, voilés par la verdure,
Ne montrent a nos yeux qu'une fraîche tenture,
Quand de jeunes enfants, des cierges dans leurs mains,
Doivent porter envie aux joyeux séraphins !
Oh! comme ils sont heureux, ces anges de la terre,
Ils voudraient tous le dire, et tous savent se taire,
A cet âge si tendre, ils sont silencieux,
Et leur cœur ingénu semble inspiré des cieux !
Gardez, petits enfants, gardez vos âmes pures,
Vos regards azurés, vos blondes chevelures,
Votre joyeux babil, qui nous surprend toujours,
Et le parfum si doux de vos premiers beaux jours
Faites luire a nos yeux vos grâces enfantines
Vos beaux fronts couronnés de fraîches églantines
Faites, petits enfants, cortége au doux Jésus !
Aujourd'hui, prenez place au rang de ses elus
Prodiguez, en ce jour, les moissons printanières
Que l'encens et les fleurs parfument vos bannières
Epuisez vos trésors, oh! ne vous lassez pas,
Donnez tout pour celui qui soutiendra vos pas.
N'oubliez pas non plus que sa divine mère

Écoute avec amour votre douce prière,
Qu'elle veille, attentive, a vos moindres besoins,
Quand vos plus jeunes ans réclament tous ses soins.
Mais pourquoi ces conseils? votre enfance chérie
En a-t-elle besoin pour mieux plaire à Marie?
Non! les anges d'en haut vous apprennent en chœur
Tous les divins trésors que recèle son cœur;
Enfants, soyez joyeux, cette mère adorée
Regarde en souriant votre blanche livrée;
Je crois voir sur vos fronts son beau front se poser.
Et sa lèvre divine y laisser un baiser!!!
. . . .

Bientôt la grande voix de la cloche fidèle
Annonce le retour à la sainte chapelle;
Sous les arceaux bénis vient la procession
Recevoir à génoux la bénédiction.
Oh! quelle pompe alors, quels chants magnifiques!
On croirait voir du ciel s'entr'ouvrir les portiques.
Les sons, les fleurs, l'encens et les chants gracieux
S'élèvent de concert jusqu'au plus haut des cieux.
Dans ce lieu trois fois saint, a cette heure bénie.
Je me trouve plus forte et l'âme rajeunie;
Je voudrais y passer les jours, les mois, les ans,
Et sans cesse y puiser des bienfaits renaissants!
Comparés à ces dons, combien sont peu de chose,
Ces plaisirs passagers où notre cœur s'expose.
Où notre âme s'ignore, où des songes trompeurs
Ne laissent après eux que d'horribles douleurs...

DIEU ET LA PATRIE

—

Glorifier son Dieu! bien servir sa patrie, ·
    C'est être homme de bien.
Hors de ce culte saint tout n'est qu'idolâtrie
    Et ne compte pour rien!...

Le Seigneur, en créant l'homme a sa ressemblance,
    Lui fit une faveur.
A son tour, l'homme doit amour, reconnaissance
    A son divin Sauveur.

La patrie, elle aussi, mérite notre hommage
    Pour ces dons précieux.
Elle qui nous fait forts, et qui nous encourage
    Au jour victorieux.

Il en est cependant a qui l'indifférence
    Tient lieu de tout ici;
Qui, pour l'amour de Dieu, pour l'honneur de la France,
    N'éprouvent nul souci.

Coupables envers Dieu comme envers cette mère.
Ou sera leur appui?
Sans ces liens sacrés la vie est bien amere.
Quand le jeune âge a fui.

Helas! que d'insensés qui vont de fête en fête,
Sans songer a demain;
Qui laissent leur patrie en proie a la tempête
Sans lui donner la main!

Le véritable amour, pour eux, c'est la richesse,
S'ils l'attendent encor,
S'ils regorgent de biens, ils vont avec bassesse
Joindre l'intrigue a l'or.

Il leur faut des honneurs! notre siecle l'exige:
L'or, ce n'est point assez!
Ils sont sûrs de briller, sans faire de prodige;
L'or répond du succès.

La bassesse, l'intrigue est tout ce qui domine
Dans ce siecle d'airain.
Nous ne songeons jamais, tant notre âme est mesquine.
Au bonheur du prochain

Le ciel et la patrie ! amour qui nous console
    De l'exil d'ici-bas,
Malheur au cœur léger, a l'âme trop frivole,
    Qui ne te connaît pas.

Ou mettre son bonheur a l'époque ou nous sommes,
    Si ce n'est dans la foi ?
Ou trouver le repos, si dans le cœur des hommes
    L'égoisme fait loi ?

Mais il en est de bons que le destin protège,
    Car ils ont combattu
Pour Dieu, pour la patrie, ils avaient pour cortége
    L'honneur et la vertu.

Oui ! les cœurs vertueux quoique rares sans doute,
    Se révelent parfois.
L'espérance d'en haut vient les aider, en route,
    A supporter leur croix.

Ceux-ci n'ont qu'un désir. qu'une pensée unique,
    Qui les suit en tout lieu
La patrie est pour eux la source évangélique
    Qui les conduit a Dieu.

À MON FILS BIEN-AIMÉ

—

Le jour de sa première Communion

—

Comme la peine, on dit que la joie a ses larmes,
    Comme avril a ses fleurs!
Aussi voila pourquoi ce jour si plein de charmes
    Me fait verser des pleurs!
. . . .

Au banquet des élus quand le ciel te convie,
    Sois rempli de ferveur,
Mon fils, puisqu'en ce jour, le plus beau de ta vie.
    Tu reçois ton Sauveur!

Puissent tous les souhaits de ta mere chérie.
    En ce jour désiré,
Attirer les regards de la Vierge Marie
    Sur toi, cher adoré!

Mère. vous qui prenez du faible la défense,
Vous serez son appui;
Il n'aura rien à craindre, au sortir de l'enfance,
Si vous veillez sur lui!

Esprit saint, Dieu puissant, inspirez sa jeune âme.
Fortifiez son cœur,
Et faites que jamais il n'encoure le blâme
Du divin Rédempteur.

Ange que l'Éternel a choisi pour son guide.
Ne l'abandonnez pas!
Détournez ses regards d'une route perfide.
En soutenant ses pas.

Grand saint que le Seigneur lui donna pour modèle,
Sur lui veillez aussi.
Afin qu'il reste pur et comme vous fidèle,
Dans ce monde endurci.

Chers parents, que la mort a glacés dans la tombe,
Pour lui priez au ciel;
Priez pour que son cœur a l'erreur ne succombe,
Ou s'abreuve de fiel!

Amis, vous dont la foi dirige la bannière,
Un Ave pour mon fils:
Ne lui refusez pas cette courte prière
Au pied du crucifix.

A MARIE

—

Ma mère, le vieillard que l'âge te ramène,
L'orphelin que son deuil a ton autel entraîne,
    L'erfant qui tend les bras,
Tous reçoivent des dons de ta bonté suprême,
Mais moi, mère, mais moi, qui te prie et qui t'aime,
    Dis, ne m'entends tu pas?

A l'âge des erreurs, si l'insensé t'implore,
Malgré tous ses écarts tu l'écoutes encore
    Et bannis son effroi.
Bien d'autres, dont les torts ont causé la souffrance,
Ont vu briller pour eux la force et l'espérance
    Qui s'enfuit loin de moi

Autrefois, tu veillais sur ma faible jeunesse,
Tu souriais, joyeuse, à ma vive tendresse,
    A mon front gracieux,
Et voici qu'aujourd'hui, quand je souffre a toute heure,
Quand, pour mon avenir, je m'inquiète et pleure,
    Tu détournes les yeux.

11

Oh! ma mère, pardonne a ma voix importune,
Si j'implore a tes pieds, ce n'est pas la fortune
    Qui dirige mon cœur.
Jamais cette deesse, à la mine glacée,
Ne captiva mes jours, ne berça ma pensée
    De joie et de bonheur.

Tu sais ce qu'il me faut, tu sais ce que j'envie
Durant ces jours de deuil qui flétrissent ma vie,
    Ma mère, tu le sais!...
Aussi. malgré mes maux, tu vois, j'espère et chante,
Sûre que tu voudras, dans ta bonté touchante,
    Exaucer mes souhaits.

Vois, mon cœur est joyeux, mes yeux n'ont plus de larme
L'espoir vient de bannir le doute et les alarmes
    Qui m'accablaient toujours.
Comme la fleur renaît sous la fraîche rosée,
Sous ton souffle divin, bientôt l'âme brisée
    Songe a de meilleurs jours...

À L'ANGE DE MA FILLE

—

Je sais qu'a mon enfant, sur terre,
Il faut
L'appui constant et tutélaire
D'en haut.
La crainte, habitant ma demeure,
A fui,
Car un ange veille, a toute heure,
Sur lui.

Bon ange, abritez sous votre aile
Ses jours.
Protégez cette âme si belle
Toujours,
Éloignez de sa coupe pleine
Le fiel,
Qu'elle puise aux fleurs de la plaine
Le miel.

Vous présidiez a sa naissance,
    Joyeux;
Soyez de son adolescence
    Heureux;
Donnez a sa fraîche jeunesse
    L'espoir;
Qu'elle voie venir sans tristesse
    Le soir.

Pour l'avenir qu'elle redoute.
    J'ai peur!...
Mais, non! vous soutiendrez en route
    Son cœur.
Pour mon enfant quand je m'adresse
    A vous,
Je sais déjà votre tendresse
    Pour nous.

Exaucez d'une tendre mère
    Les vœux;
Gardez à celle qui m'est chère
    Les cieux;
Ange gardien, vous que j'implore
    Ici,
Soutien de l'enfant que j'adore,
    Merci!

AUX OISEAUX DE MA FENÊTRE

—

Venez, petits oiseaux, venez sur ma fenêtre,
Venez vous réjouir, le printemps vient de naître ;
Venez, par votre vue ainsi que par vos chants ,
Chasser le souvenir que laissent les méchants !

Venez, chantres ailés, votre joyeux ramage
Est, pour mon pauvre cœur, le plus charmant hommage ,
J'aime votre gaîté, j'admire votre voix,
Et votre aile rapide effleurant les grands bois.

Venez, gais passagers ; venez, troupe infidèle
Saluer le retour de la saison nouvelle.
Dans un élan d'amour, et par l'amour unis,
Venez chercher la mousse et former vos doux nids

Venez, chers étourdis, saluer le feuillage,
La pelouse et les fleurs qui parent le bocage,
Redites mille fois votre aimable chanson ;
De vous trouver heureux, n'avez-vous pas raison ?

Laissez-nous les soucis, les chagrins de la vie;
Le jaloux qui se cache, aveuglé par l'envie;
L'ambitieux qui rampe afin de s'élever;
L'homme cherchant l'oubli. . sans jamais le trouver.

Laissez-nous tous les maux de ce pénible monde.
Notre calice amer doit remplacer votre onde;
Dieu vous créa joyeux, libres, de peu contents,
Et nous vivons ingrats, et toujours inconstants.

Laissez-nous nos douleurs, amants de la nature,
Ne vous occupez point de cette terre impure;
A nous toujours la soif qu'on nomme ambition,
Et tout ce qui conduit à cette passion.

Laissez nous notre orgueil, notre faste et nos vices.
Nous ne connaissons pas vos suaves délices.
L'air suffit à votre aile, à vos chants gracieux,
Et votre joie est pure a la face des cieux!

LE RÊVE AUX CIEUX

Quand le sommeil vient clore ma paupière.
Un songe ami fait taire ma douleur,
Ses ailes d'or, me couvrant toute entière.
Portent mon âme ou j'avais le bonheur ,
Mais le réveil... hôte des plus fidèles.
Vient aussitôt me dessiller les yeux ,
Et mon beau rêve. en déployant ses ailes,
S'envole, hélas! sans doute, vers les cieux.

A mes regards apparaît mon enfance,
Aspirant l'air en pleine liberté;
Mon jeune front rayonne d'innocence,
De paix. d'espoir. de force et de santé
Je suis heureuse en voyant ma patrie,
Mes prés, mes bois, aux sentiers gracieux
A mon réveil, cette image chérie
S'envole. hélas! sans doute, vers les cieux.

Près du foyer, je vois ma bonne mère;
Ses bras, vers nous, bientôt sont étendus:
A ses côtés, mes sœurs et mon vieux père
Disent . Ici, vous êtes attendus.
Mes chers enfants, soutenez mon courage,
Ils ne sont plus!... tout est silencieux.
Vient le réveil, et ce divin mirage
S'envole, hélas! sans doute, vers les cieux.

TOUJOURS ELLE!...

Stances

Le ciel te créa rose et blanche,
Pour sourire, plaire et charmer;
Un ruisseau de parfums autour de toi s'épanche,
Tu ressembles à la pervenche ;
On ne peut te voir sans t'aimer.

N'es-tu pas la manne adorée
Tombée au-devant de mes pas ,
Pour servir d'aliments a mon âme affamee
D'entendre la parole aimée ,
Si douce a qui pleure ici-bas?

N'es -tu pas la colombe douce ,
Oiseau messager du bonheur,
Q'uen mon rude chemin la Providence pousse.

Et dont le petit nid de mousse
Fait le doux charme de mon cœur?

— N'es tu pas la muse choisie
Parmi les phalanges du ciel,
Pour colorer mes jours d'un peu de poésie
Et répandre ton ambroisie
Dans mon calice plein de fiel?

N'es-tu pas l'âme de mon âme,
Le plus beau lis de mon printemps?
N'es-tu pas le foyer ou s'allume ma flamme?
N'es-tu pas le port où je rame
Et le paradis que j'attends?...

LA BRISE DES NUITS

—

Brise des nuits, de ma terre chérie
Parle-moi bien souvent, oh! parle-moi toujours!
Brise, parfum des nuits, viens a ma rêverie
Retracer aujourd'hui la saison des beaux jours

Brise des nuits, quand ton souffle caresse
Le rivage fleuri, témoin de mon bonheur,
Brise, parfum des nuits, ne dis pas ma tristesse,
A ceux que j'aime tant, ne dis pas ma douleur.

Brise des nuits, que ton haleine pure
Me plaît lorsque j'attends le bienfaisant sommeil,
Brise, parfum des nuits, j'aime aussi ton murmure
Qui berce mes enfants jusqu'a leur doux réveil

Brise des nuits, ta fraîcheur embaumée,
Malgré tous mes tourments, me plaît comme autrefois;
Brise, parfum des nuits, quand mon âme abimée
Soupire en t'écoutant et pleure quelquefois.

Brise des nuits, à tes soins j'abandonne
Les secrets de mon cœur, mes projets d'avenir;
Brise, parfum des nuits, ne les dis à personne;
Peut-être a-t-on, là-bas, perdu mon souvenir!

LE PRINTEMPS

—

Refrain.

Bientôt le doux printemps étalant ses richesses
Fera luire a nos yeux ses trésors parfumés,
De gracieux oiseaux aux voix enchanteresses
Berceront, chaque soir, nos enfants bien-aimés.

L'hiver fuit nos climats, de blanches marguerites
Émaillent la prairie et bordent les sentiers;
Les bergers ont repris leurs places favorites
A l'ombrage éclatant des roses églantiers.
Bientôt le doux printemps étalant ses richesses
Fera luire à nos yeux ses trésors parfumés;
De gracieux oiseaux aux voix enchanteresses
Berceront, chaque soir, nos enfants bien-aimes

C'est l'époque attendue au toit de l'indigence;
C'est l'espoir, c'est la joie animant chaque lieu.
C'est le bonheur enfin, car partout l'abondance
Fait de cette saison la saison du bon Dieu!

Bientôt le doux printemps étalant ses richesses
Fera luire a nos yeux ses trésors parfumés;
De gracieux oiseaux aux voix enchanteresses
Berceront, chaque soir, nos enfants bien-aimés.

Quand le printemps renaît, aussitôt le malade
Abandonne son âme aux projets d'avenir;
Il fait, parmi les fleurs, sa chère promenade,
Non sans y retrouver quelque doux souvenir
Bientôt le doux printemps étalant ses richesses
Fera luire à nos yeux ses trésors parfumés;
De gracieux oiseaux aux voix enchanteresses
Berceront, chaque soir, nos enfants bien-aimés.

LE MONDE D'A-PRÉSENT

—

Ce n'est qu'au sein de la retraite
Que l'on goûte la paix du cœur;
Voila pourquoi je ne souhaite
A mes amis que ce bonheur.
Dans cette vie on est a plaindre,
Dès qu'on recherche le grand jour,
Hélas ! les méchants sont à craindre
A la ville comme a la cour.

Mais autrefois, jeune et rieuse.
Je me flattais de plaire a tous,
Et mon oreille curieuse
Écoutait même les jaloux [1]...
Combien ma profonde ignorance
M'a causé de peine en retour .
Un plaisir cache une souffrance
A la ville comme a la cour

Dans ce monde, que je redoute,
L'or est le principal agent.
Si vous voulez qu'on vous écoute
Parlez d'abord de votre argent!
Près de cela qu'est tout le reste?
L'esprit et la gloire et l'amour.
Tous ces biens, le sot les déteste
A la ville comme à la cour.

Si l'on admire votre fille,
Pauvre mère, ne croyez-pas
Que son doux regard qui scintille
Seul attire hymen sur ses pas.
Jeune intrigant et vieux rapace
Convoitent sa dot tour à tour;
Car, sans écus, la beauté lasse
A la ville comme à la cour.

LE MALHEUR

—

Soyez compatissants aux accents de la plainte,
Écoutez-la toujours comme une chose sainte.
Que de pensers amers, hélas! la font surgir,
Alors que le malheur force l'homme à rougir!
Oh! n'accusez jamais, mais plaignez la victime
Que le malheur souvent a plongé dans l'abîme!
Vous connaissez ses maux, et pourtant votre voix
Au lieu de consoler, condamne bien des fois!
Le malheur est constant, personne ne l'ignore,
Chacun sait quel danger son souffle fait éclore;
Il nous cherche, nous suit, fait trébucher nos pas.
Nous tombons sous ses coups et ne le voyons pas.
Sans cesse menacé par ce cruel vampire,
Celui qu'il a choisi quelquefois même expire,
Sans qu'une main amie ose sécher ses pleurs,
Tant on fuit ici-bas la plainte et les douleurs.
Je vous l'ai dit, ami, sur cette triste terre
Chacun est plus ou moins du malheur tributaire
    En vain voudrait-on s'en sauver...
Mais il n'est pas toujours exact à nous poursuivre,
Il est d'heureux moments quand on sait lui survivre.
    Plus tard vous pourrez le braver.

VITE, RASSURE-MOI!

—

A mon ange

—

Quand trop longtemps en proie à la souffrance,
En l'avenir j'ai pu manquer de foi;
Quand tous mes maux ont chassé l'espérance,
Mon ange aimé, vite, rassure-moi!

Quand le sommeil s'éloigne de ma couche,
Pour l'évoquer quand je m'adresse a toi,
De mes tourments si la grandeur te touche.
Mon ange aimé, vite, rassure-moi!

Quand nuit et jour tu veilles a ma garde.
Je sens mon cœur exempt de tout effroi,
Si je doutais quelquefois par mégarde,
Mon ange aimé, vite, rassure-moi!

Dieu t'envoya pour soutenir mon âme,
Pour me former a sa divine loi;
De sa bonté si j'encourais le blâme,
Mon ange aimé, vite, rassure-moi!

Tous mes instants sont à lui sans partage...
En y songeant mon âme est en émoi,
Par tes conseils ranime mon courage;
Mon ange aimé, vite, rassure-moi!

Pour moi, la vie eut toujours peu de charmes;
Je crains sans cesse et sans savoir pourquoi ..
Mais toi, qui sais la source de mes larmes,
Mon ange aimé, vite, rassure-moi!

SANS ESPOIR

Je suis la fleur fanée
Qui roule abandonnée,
Sous les pieds du passant;
Je suis l'oiseau timide
Que l'oiseleur perfide
Tourmente en s'amusant.

Je suis la faible source
Qui veut prendre sa course,
Qu'un obstacle retient ;
Je suis l'humble nuage
Balloté par l'orage
Qui s'éloigne et revient.

Je suis la pauvre branche
Qu'entraîne l'avalanche
Dans le gouffre béant;
Je suis la poésie
Qu'un jour la fantaisie
A réduite a néant. .

Aussi bien que le lierre
Qui s'attache à la pierre,
J'ai besoin d'un appui ;
C'est en vain que j'espère,
Le destin trop sévère
M'enchaîne auprès de lui.

UN SOIR D'AUTOMNE

—

Par un beau soir d'automne, assise a ma fenêtre,
Doucement je rêvais en contemplant les cieux ;
Mon cœur était joyeux, il me semblait renaître,
Et je sentais perler des larmes dans mes yeux.
L'air était tout parfum, et la lune argentée
Eclairait les ormeaux de son rayon si pur,
A mes pieds je voyais une troupe enchantée
De beaux petits enfants au doux regard d'azur.
La brise de la nuit apportait sur ma tête
La feuille déja sèche et l'arôme des fleurs ;
Je sentais sur mon front, comme en un jour de fête,
Les trésors attrayants de la rosée en pleurs.
Mon âme était ravie et je versai des larmes,
De celles qu'on repand quand vous vient le bonheur,
De celles qu'on prodigue en admirant les charmes
Que Dieu mit sous le ciel en peignant sa grandeur !
Seigneur, de ce beau soir j'ai gardé la mémoire,
Et tant que je vivrai mon âme, chaque jour,
Bénira votre nom, chantera votre gloire,
En espérant au ciel posséder votre amour.

CRI DE LIBERTÉ

Se trouver malheureux, maudire l'existence,
C'est, je le sais, mon Dieu, douter de ta clémence
Pleurer sur le passé, craindre pour l'avenir,
C'est sembler perdre aussi jusqu'à ton souvenir.
L'oiseau que tu revêts d'une robe soyeuse,
Pour t'en récompenser, de sa chanson joyeuse
Fait retentir les bois que tu créas pour lui;
Te nommant son espoir, sa force et son appui!
La fleur, mourant l'hiver, quand reparaît Zéphire,
Lance son doux parfum comme un charmant sourire,
Reconnaissant ainsi tous tes dons, ô Seigneur!
Elle naît, brille et meurt, sans regret, sans douleur .
L'insecte rayonnant qui vit un jour à peine,
Pour te remercier, butine dans la plaine
Le miel utile à tous, bénissant le destin
Qui nous fit envier son unique matin!...

Ah! si j'étais l'oiseau te chantant à toute heure,
Si j'étais l'humble fleur parfumant ta demeure,
Ou bien le faible insecte aspirant le doux miel,
N'aurais-je point comme eux mon rayon de soleil?

N'aurais-je pas aussi la brise qui caresse
Le petit nid d'amour, la rose enchanteresse,
L'abeille aux ailes d'or effeuillant les lilas?
Et tant de biens encor que je n'ai plus, hélas!
Il me faudrait si peu pour ranimer ma vie...
Le ciel bleu, l'air des champs, c'est tout ce que j'envie;
Il n'est point pour mon cœur de don plus précieux;
En vain je le réclame, interrogeant les cieux.
Ils sont sourds à ma voix, et ma tête est penchée
Comme la pauvre branche a son tronc arrachée;
Je crains l'obscurité qui voile le torrent,
Car l'astre qui m'éclaire est un astre mourant...

Des plus petits moyens viennent les belles choses,
Le buisson rabougri sert a greffer des roses.
C'est ainsi que, pour moi, les ronces d'ici-bas
Se changeront en fleurs au jour de mon trépas...
Tu nous l'as dit, mon Dieu! cette terre flétrie
Est pour nous mériter la céleste patrie!
Et moi, dont le bonheur déserta le berceau,
Ne puis-je désirer le calme du tombeau?
Ah! la vie est pour moi comme un pénible rêve
Commencé dans les pleurs que la douleur achève.
Je voudrais, sans murmure, essayer de souffrir,
Mais mon cœur fatigué me dit : Mieux vaut mourir!...
Si tu voulais, mon Dieu, m'attacher à la terre,
Tu le pourrais encore; écoute ma prière :
Rends-moi, dès aujourd'hui, la force et la santé,
Et pardonne à ma voix ce cri de liberté!...

L'APPRÉHENSION

—

Tu ne sais plus me plaire, ô séduisante ville!...
Je préfère, à tes bruits, un lac pur et tranquille
    Et le silence aimé des bois.
Pour tous ces vains plaisirs, que tu sembles promettre,
Irais-je abandonner l'existence champêtre
    Que j'avais rêvée autrefois?

S'il me faut dans ton sein interroger ma lyre,
Que de pleurs vont couler à côté d'un sourire,
    En songeant aux beautés des champs!
Qui me rendra la paix que je goûte à cette heure,
Les fidèles amis qui charment ma demeure,
    Et le miel utile à mes chants!

Tu ne peux rien m'offrir, ô cité dangereuse!
Ton aspect, aujourd'hui, me rendrait malheureuse,
    Même en dorant mon avenir!
Eloigne, ambition, ta coupe empoisonnée!
Laisse-moi savourer ma dernière journée!
    Emporte jusqu'au souvenir!
. . . .

Mais le destin m'enchaîne... et j'ai la certitude
De quitter pour toujours la chère solitude
      Qui savait faire mon bonheur.
Adieu, verte prairie; adieu, ruisseau limpide;
Je vivrai désormais de cette vie aride
      Qui ne suffit plus à mon cœur.

Rossignol, mes amours! ô si j'avais ton aile,
Je reviendrais souvent visiter la tonnelle,
      Où j'écoute tes chants du soir;
Si j'avais, comme toi, pu choisir ma retraite.
Me cacher sous des fleurs quand grondait la tempête,
      Aurais-je perdu tout espoir?

Que je te trouve heureux, caché sous le feuillage,
Tu chantes tes amours dans ton brillant langage,
      Sans crainte de trouble et de bruit,
Et moi, pauvre affligée, à chaque heure qui sonne.
Je me sens défaillir, et mon âme frissonne
      Comme l'herbe au vent de la nuit!

Quand j'écoute la voix de la folle espérance,
J'entends aussi pleurer et gémir la souffrance
      Qu'elle cache sous son manteau...
Je tremble alors, j'ai peur! j'interroge ma route
Et je reste attachée aux maux que je redoute,
      Comme le lierre au vieil ormeau

Mais s'il faut achever le cruel sacrifice,
S'il faut jusqu'à la lie épuiser ce calice
   Rempli de limon et de fiel,
Envoyez-moi, mon Dieu, comme au jour du calvaire,
Durant mon agonie, un ange tutélaire
   Pour élever mon âme au ciel!

L'OISEAU CAPTIF

—

Une cage dorée est toujours une cage...
Et, malgré tous vos soins, le chantre du bocage
    N'aura plus sa gaîté.
Grains d'or et fruits vermeils, eau fraîche et salutaire
Ne valent pas pour lui le bosquet solitaire
    Avec la liberté!

La tête sous son aile, il s'inquiète et pleure;
Il ne repose plus maudissant, a toute heure,
    Sa cruelle prison.
Dieu qui le créa libre, ignorant l'esclavage,
Saura lui rendre un jour, sur un plus doux rivage,
    Ses bois et ses chansons.

Vous qui le ravissez aux douceurs de la plaine,
N'êtes-vous pas émus quand sa voix avec peine
    Murmure un chant plaintif?
Ah! si vous connaissiez les lieux qui l'ont vu naître,
Iriez-vous l'enlever a son bonheur champêtre
    Pour en faire un captif?

Quel dédommagement pouvez-vous lui promettre?
Lui rendrez-vous jamais la joie et le bien-être
Qu'il savourait aux champs?
Au souffle printanier renaîtra la verdure,
L'aubépine aussitôt reprendra sa parure;
Lui, quels seront ses chants?

Oh! vous avez détruit son bonheur sur la terre,
L'égoisme a dicté cet acte mercenaire,
Et vous battez des mains!
Vous êtes sans pitié pour sa douleur amère,
Vous vous réjouissez en voyant sa misère;
Vous êtes inhumains!

S'il ne s'abreuve plus à sa source si pure,
Vous le verrez mourir à l'heure ou la nature
Se parera de fleurs.
Au lieu de ces doux chants qui charmaient votre oreille,
Vous aurez le remords qui près de vous sommeille
Pour provoquer vos pleurs!

SI J'ÉTAIS DIEU !

Si j'étais Dieu, je voudrais, ô ma mère,
Voir de tes yeux disparaître les pleurs,
Rendre la joie et la force à mon père,
Et sous vos pas faire éclore des fleurs.

Si j'étais Dieu, les pauvres du village
Auraient le soir un modeste festin,
Un doux repos après un jour d'ouvrage,
Avec l'espoir d'un joyeux lendemain.

Si j'étais Dieu, pour l'aimable jeunesse
Je ferais luire un brillant avenir;
Des cœurs craintifs, pour bannir la tristesse,
Je dorerais le moindre souvenir.

Si j'étais Dieu, quand la pauvre orpheline
Pleure en priant, seule, au pied de la croix,
En sentinelle, au seuil de sa chaumine,
Un ange irait faire entendre sa voix.

13

Si j'étais Dieu, sur la joyeuse enfance
Je répandrais mes dons à pleines mains,
Et je voudrais, au gré de ma puissance,
Leur prodiguer tous les trésors humains.

. . . .

Devenu Dieu, tu ne serais pas juste...
Mon fils, la vie a besoin de revers.
Pour préserver de l'insecte l'arbuste,
On l'abandonne au souffle des hivers.

Apprends que Dieu, dont la grâce est immense,
S'il doit donner, doit quelquefois punir;
Sache toujours mériter sa clémence,
Et tu verras comme il sait nous bénir.

LE 2 NOVEMBRE

—

Le vent souffle et gémit sur la rive déserte,
Dépouillant sans pitié les arbres agités;
La vague mugissante entraîne l'algue verte,
Jonchant de ses débris les sables argentés.

Les beaux jours sont passés! déja le pâle automne
A gravé sur nos fronts la douleur et l'ennui;
L'oiseau ne chante plus sous le ciel monotone,
Et nos voix et nos cœurs sont tristes comme lui

C'est pour tous, jour de deuil, et la cloche éplorée
Jette du haut des airs ses lents et sombres glas;
Les lugubres tableaux dont l'église est parée
Semblent nous dire aussi. Songe au jour du trépas

C'est la fête des morts!.. Que d'amères pensées
Viennent nous retracer des biens évanouis!
Nous montrer le néant des choses insensées
Dont l'esprit et les yeux sont parfois éblouis!

On visite à pas lents le muet cimetière ;
La méditation remplit ce triste jour ;
L'âme à son créateur, revenant tout entière,
Se croit déja rendue au céleste séjour.

. . . .

O morts, que reste-t-il de vous sous cette terre?
Peu de chose, ô mon Dieu! quelques os décharnés,
Quelques lambeaux flétris, perdus dans la poussière,
Un squelette effrayant, sous nos yeux consternés!...

Mais ceux que nous pleurons, sur les flots de la vie
Ont vogué quelque temps en rêvant le bonheur.
Comme nous ils trouvaient, au gré de leur envie,
A l'abîme, un attrait; au rivage, une fleur.

Comme nous, ils cherchaient les grandeurs de ce monde,
Et comme nous, Seigneur, ils aimaient le vain bruit...
Ils furent engloutis sur les replis de l'onde,
Avant que leur travail ait rapporté son fruit.

D'autres rêvaient la gloire, entourés d'espérance ;
Ils croyaient au bonheur!... pauvres destins flottants!. .
Vint la déception, mère de la souffrance,
Espoir, gloire et bonheur fuirent en même temps.

Après tant de projets, tant de larmes amères,
Pourquoi plaindre, mortels, ceux qui dorment joyeux?
Qui pourrait regretter ces rêves éphémères,
Quand, près de l'Éternel, le juste est radieux?.

La vie est un tourment, nous le sentons du reste;
On ne saurait compter les ingrats qu'elle a faits
A mes yeux, cette vie est un présent funeste,
Et la mort est pour tous le plus grand des bienfaits!
. . . .

Voyageur, hâte-toi! ! ! tes heures sont rapides.
Pleines d'émotion et de calamité,
Détourne tes regards de ces tombes humides.
Laisse parler ton âme en toute liberté.

A toi, les pleurs brûlants jusqu'a l'heure dernière,
A toi, tous les soucis et le sombre avenir;
Sans plaisir et sans joie, achève ta carrière,
Nourris ton pauvre cœur d'un triste souvenir .

Qu'ai-je dit? et pourquoi proférer ce blasphème?
Pourquoi me plaindre, hélas! lorsque rois et bergers
Sont chargés de leurs croix jusqu'au moment suprême
Et comme moi, proscrits, malheureux, étrangers?

Ainsi pourquoi pleurer nos amis et nos pères?
Pourquoi nous abreuver de souvenirs cuisants?
Tout nous fait pressentir pour eux des dons prospères,
Tout nous montre du ciel les parvis séduisants!

Vous méritez, mon Dieu, notre reconnaissance;
Vous nous avez punis, sans doute, par amour;
L'univers chante en chœur votre toute-puissance,
Et mon âme en secret vous bénit chaque jour.

Mortels, consolez-vous! fuyez la peine amère;
L'Éternel sauvera ceux qui le chanteront;
Les tombeaux et les croix disent sans cesse . Espère!
Ne pleurons plus les morts, ils ressusciteront.

LE LIS DE LA VALLEE

A la saison si douce
Où dans son nid de mousse
L'oiseau dort gracieux,
Une fleur demi-close,
Plus fraîche que la rose,
Se balance en ces lieux.

Refrain.

De cette fleur jolie,
En vous peignant l'attrait,
De la jeune Amelie
Je trace le portrait.

Sa blancheur étoilée
Brille dans la vallée,
Au milieu de ses sœurs,
Quand sa tige superbe

Envoie aux touffes d'herbe
Ses trésors de douceurs.
De cette fleur jolie,
En vous peignant l'attrait,
De la jeune Amélie
Je trace le portrait.

Quand s'éveille l'aurore,
La brise augmente encore
Son parfum virginal;
Et comme la pervenche,
Son calice s'épanche
Au souffle matinal.
De cette fleur jolie,
En vous peignant l'attrait,
De la jeune Amélie
Je trace le portrait.

RÉVÉLATION

—

A ma fille

—

Je t'aimais, chère enfant, quand, par une caresse,
Tu savais de mon front effacer le souci;
Lorsque, sachant déja connaître ma tendresse,
Tu partageais ma joie et mes chagrins aussi!

Je t'aimais, chere enfant, lorsque ton front limpide
Sous tes cheveux bouclés se cachait a demi,
Quand le sommeil voilait ton œil encore humide
Et que je priais Dieu pour mon ange endormi.

Je t'aimais, chère enfant, quand tes levres rosées
Pressaient avec ardeur mon sein gonfle de miel;
Quand plus tard a genoux, et les deux mains croisées,
Tu bégayais le nom de la reine du ciel

Je t'aimais, chère enfant, bien avant que ta bouche
Ait dit ces jolis mots si doux à répéter,
Avant d'avoir pleuré sur ta petite couche.
Lorsque tes cris plaintifs venaient m'épouvanter.

Je t'aimais, chère enfant, avant que ton sourire,
En répondant au mien, me donna le bonheur;
Bien avant que ta voix, plus douce qu'une lyre,
Vint par ses doux accents interroger mon cœur.

Je t'aimais, chère enfant, même avant ta naissance,
Avant que ton regard ait essayé le jour,
Avant que ton doux nom, symbole d'innocence,
Ne me fût envoyé du céleste séjour.

Comme alors, chère enfant, oui! je t'aime a cette heure.
Mon cœur est immuable et t'aimera toutours;
Si, malgré tes efforts. je m'inquiète et pleure,
C'est que, vois-tu, pour toi, j'ai peur des mauvais jours.

D'une mère l'avis est toujours salutaire;
Jamais à ta raison je ne m'adresse en vain!...
Si je préfère a tout, mon foyer solitaire...
C'est pour te préserver d'un monde triste et vain,

Nuit et jour, j'ai veillé sur ta paisible enfance,
Je n'avais pour trésor que ton petit berceau,
Dieu m'a récompensée, et j'ai, par ma constance,
Gardé ton cœur plus pur que l'onde d'un ruisseau !

De tes dix-sept printemps ne serais-je pas fière,
Quand je vois sur ton front la candeur rayonner,
Quand des larmes d'amour coulent sous ta paupière,
Si par de longs baisers je veux te couronner ?

Si je te vois parfois, sur mon lit de souffrance,
Te pencher doucement comme un ange chéri,
Je ne puis m'empêcher de croire à l'espérance,
Et reprends aussitôt mon rêve favori.

Ce rêve bien-aimé, mais qui donc me l'envoie.
Quand tes soins caressants endorment ma douleur ?
N'est-ce pas encor toi dont l'œil si plein de joie
Peint la sénérité même auprès du malheur ?

Toi, mon espoir, mon but, charme de ma vieillesse ;
Toi, l'astre radieux m'éclairant ici-bas,
Toi, l'oiseau gazouillant et plein de gentillesse
Qui réjouit mon cœur quand il pleure ici-bas

Dans mon ciel obscurci, fais briller ton étoile,
Donne à mon avenir une douce clarté ;
Sur les maux de la vie étends un double voile,
Je ne veux voir, enfant, que ta félicité.

Sans toi, je ne puis rien, toi, l'âme de ma vie ;
Il faut tout ton amour à mon cœur trop jaloux.
Répands ton doux parfum sur ma tête ravie,
Laisse tomber sur moi ton regard pur et doux.

Sur le fleuve des jours, ta barque est si docile
Que l'horizon lointain ne saurait m'effrayer ;
Le Seigneur, la guidant sur la vague mobile,
Protégera toujours l'ange de mon foyer.

Des phalanges du ciel, toi la muse choisie,
Laisse parler mon cœur quand il s'agit de toi :
Laisse invoquer aussi ma chère poésie ;
Quand te chanter toujours serait si doux pour moi.

Je veux t'aimer toujours ! et toujours te le dire ;
Je veux parler de toi, mais parler sans détour...
Je veux chaque matin, sur une douce lyre,
Célébrer a l'envi mon immuable amour.

AU PIED D'UN COTEAU

—

Fontaine qui poursuis, au pied de ce coteau,
    Ta gracieuse et bienfaisante course,
Avec bonheur toujours je vois couler ta source,
Limpide et frais miroir des filles du hameau
Les oiseaux sur tes bords écoutent ton murmure,
Appellent les amours, et ta riche ceinture
Les enlace au réseau de mille et mille fleurs...
Ici, tout plaît a l'âme et subjugue les cœurs
L'on dirait, aux accords de ma lyre docile,
Qu'en ce divin séjour, loin des bruits de la ville,
La nature en secret y reçoit ses élus,
Et que tous les méchants par elle en sont exclus.
Peut-être, et je le crois, qu'au jeu de sa puissance
A la science enfin si longtemps aux abois,
Cette source vient-elle, en riant de ses lois,
Prouver assurément qu'elle seule a les droits
    De la fontaine de Jouvence!
. . . .

Prés émaillés, ombrages toujours frais,
De ces brillants bosquets, riche et noble parure,
Parfums délicieux, brise légère et pure,
Lieux enchanteurs, chez vous s'élève le palais
De la paix du bonheur, dès douces rêveries,
Que la voix du poëte aime tant a chanter!...
Oh! venez, oui, venez, illusions chéries!
Et que la vérité puisse vous réfléter.

Non! rien ici ne trompe, ni n'abuse.
Me dit a l'oreille ma muse.

Ces lieux sont sans erreur
Le temple du bonheur!

JOURNÉE CHAMPÊTRE

—

Salut! grands bois, belles prairies!
Salut! joyeux petits oiseaux!
Salut! temple des rêveries!
Salut! salut! charmants ruisseaux!
Pour admirer votre parure,
Nous désertons notre cité;
Pour écouter votre murmure
Et vous chanter en liberté.
        Ha! ha! ha! ha! ha! ha!

Le ciel bleu, comme heureux présage,
Couvre de pourpre l'horizon,
Et dans l'azur pas un nuage
Ne vient troubler notre chanson.
Amis, le plaisir nous convie,
Sachons profiter d'un beau jour,
Chantons tous, selon notre envie,
La beauté, la gloire et l'amour.
        Ha! ha! ha! ha! ha! ha!

Déjà les hôtes du bocage
Ont à nos voix mêlé leurs voix,
Et la fauvette au doux langage
Redit notre amour pour les bois.
Assis sur la verte pelouse,
Buvons aux charmes de ces lieux,
Et que l'orgueil qui nous jalouse
Nous prenne pour des demi-dieux.
    Ha! ha! ha! ha! ha! ha!

Saisissons la joie au passage,
Aujourd'hui, rions, soyons fous...
Que, parmi nous s'il est un sage,
On le mette sous les verroux!
Qui sait si ce beau jour de fête
Par un autre sera suivi ..
En l'espérant, je le répète,
Nous devons chanter a l'envi.
    Ha! ha! ha! ha' ha! ha!

LE SUICIDE

A madame la comtesse de Bouville

le bonheur reste à qui fait des heureux

Sauvez-la! sauvez-la! disent de tous côtés
Hommes, femmes, enfants, tristement agités!
Sauvez des flots amers cette humble jeune fille
Que la faim, la misère, enlève a sa famille.
Pauvre fille!... elle pleure en se voilant les yeux
De peur d'apercevoir l'œil irrité des cieux!.
A vingt ans, triste enfant! tu veux quitter la vie,
Et l'horrible suicide est ton unique envie
Au matin de tes jours, hélas! tu veux mourir!
Mais Dieu, pour te sauver, nous a fait accourir
N'est-il donc plus d'espoir pour ton âme eplorée?
Ou n'as-tu plus l'amour d'une mere adorée?
Ne sais-tu pas que Dieu, de son trône divin,
Protège le vieillard, la veuve et l'orphelin?
Ne sais-tu pas aussi que sa toute-puissance

14

Peut changer en trésors les pleurs de l'indigence;
Que l'or qu'il donne au riche avec tant de bonté
Se change en legs fatal, s'il n'a la charité?
Si le mot charité, que ton oreille écoute,
Avait pour te blesser le sens que je redoute,
Reste sourde à la voix qui tromperait ton cœur,
En songeant que l'aumône est un don du Seigneur...
Guide-nous, pauvre enfant, vers la triste demeure
Où ta famille en deuil, s'inquiète à cette heure...
Hâtons-nous, il est temps, voici la fin du jour,
On doit, dans ta mansarde, attendre ton retour...
Ainsi que la colombe au saint et doux présage
Va porter sous ton toit un bienheureux message,
Va dire a tous les tiens que leurs coupes de fiel
Se changeront bientôt en doux rayons de miel:
Comme un ange attendu va donner l'espérance
A ceux dont ton départ a doublé la souffrance.

. . . .

Malgré notre promesse, enfant, ton front rêveur
Dit que tu n'oses croire au plus petit bonheur;
Hélas! si jeune encor, serais-tu donc du monde
Où les cœurs sont blasés et trompeurs comme l'onde?
Ou le pauvre s'abaisse en demandant du pain...
Jalousant l'opulence en lui tendant la main?
Si tu sais tout cela, je te plains, mon cher ange,
D'avoir posé le pied sur cette terre étrange.
Quand tu vois tous les maux prêts a fondre sur toi,

Que vas-tu faire, enfant, si tu n'as plus la foi?
Dans ce siècle d'orgueil, en proie a la tempête,
Écoute les accents de l'âme du poète;
Que sa voix dans ton cœur fasse rentrer l'espoir;
Sache qu'un mauvais jour souvent cache un beau soir,
En toi si les ingrats ont fait naître le doute,
Il est des cœurs aimants pour éclairer ta route.
La confiance en Dieu, l'espoir dans l'avenir
Sont des biens que le siècle en rien ne peut ternir!
As-tu dans ta douleur oublié la demeure,
Où l'âme qui gémit est reçue à toute heure?
As-tu, dans ton enfance, ignoré le saint lieu,
Où ta mère a genoux dut t'offrir au bon Dieu?
Dans la voie ou l'erreur près du vice chemine,
As-tu donc oublié ta céleste origine?
Ou bien ne crois-tu plus, pauvre front abattu,
A la douce innocence, a la sainte vertu? .
Il n'en peut être ainsi, car au fond de toute âme,
Dieu place, en la créant, un rayon de sa flamme,
Pour espérer sans crainte et ne douter jamais,
Des bienfaits du Seigneur souviens-toi désormais!

ADJEUX!

—

Je compte avec douleur les heures et les jours ;
Ah ! combien je voudrais en prolonger le cours
      Pour moi comme pour ceux que j'aime !
Mais le temps qui s'enfuit, désespérant mon cœur,
Détruit a chaque instant les rêves de bonheur
      Qu'il m'avait envoyés lui-même.

Et le moment approche !... il me faudra partir...
Nulle puissance, hélas ! ne peut me retenir
      Près des amis que je regrette.
Il faut leur dire adieu ! peut-être dès demain
Nous mêlerons nos pleurs en nous pressant la main
      La choisissant pour interprète.

Et puis, triste et brisée en végetant ailleurs,
Je pleurerais toujours des amis les meilleurs
      Sans la plus légère espérance.
Loin d'eux je ne saurais caresser l'avenir,
Je ne vivrai la-bas que de leur souvenir,
      Me complaisant dans ma souffrance.

Ainsi qu'on voit l'oiseau regrettant son doux nid,
Inquiet et sans voix trembler au moindre bruit.
On verra s'accroître ma peine.
Comme l'oiseau, je dois à mes chants dire adieu;
Car à tous deux il faut un air pur, le ciel bleu
Et les doux échos de la plaine.

Oh! je souffre, je souffre, amis, soutenez-moi;
Au moment du départ mon cœur est plein d'effroi,
Je sens que ma vie est flétrie.
Puisque rien n'est durable en ce monde cruel.
N'ambitionnons tous que ce bonheur réel,
Que promet la sainte patrie.

MÉDITATION

—

A madame Z G

—

Seule au pied d'une croix dans un vieux cimetière,
A cette heure ou le soir invite a la priere,
Je méditais longtemps loin du monde et du bruit,
Confiant ma douleur aux ombres de la nuit,
La tombe ou je priais n'avait d'autre parure
Que quelques liserons rampant sur la verdure ;
Celui que j'y pleurais, ange au front gracieux,
Depuis bientôt trois ans, habitait dans les cieux
Il avait disparu, comme la fleur hâtive,
Qu'un hiver prolongé veut retenir captive,
Et qu'on voit, malgré tout, fleurir avant le temps.
Mais aussi se flétrir au souffle du printemps.
La bonté de son cœur, ses grâces, son génie,
Ne purent désarmer la cruelle agonie,
Et les fleurs que l'amour sema sur son berceau
Vinrent s'épanouir au bord de son tombeau...
Et je pensais à vous, pauvre mère éprouvée!

Ame vivant de foi, comme Dieu l'a rêvée,
Tendre cœur que la vie attrista trop souvent;
Mais toujours soutenu par son amour fervent.
Oui, je songeais à vous... et toutes mes pensées
Se tournèrent bientôt vers vos douleurs passées;
J'énumérais vos maux tout en songeant aux miens,
M'avouant que la mort est le plus grand des biens
Je contemplais le ciel, notre belle patrie,
Ramenant dans mon cœur la douce rêverie.
Et j'entrevis la mort non plus avec terreur,
Mais bien comme un refuge offert à la douleur.
Egalité pour tous, dès que nôtre heure sonne,
L'inexorable mort ne respecte personne.
Vieux ou jeune, qu'importe, elle fauche toujours;
De son bras destructeur rien n'arrête le cours...
Alors, tombes et croix, cyprès aux rameaux sombres
Tertres couverts de fleurs où vont gémir les ombres,
Lourd passé qui s'enfuit, avenir et présent
Glissèrent devant moi comme l'eau d'un torrent.
Non, rien de stable ici, me disais-je à moi-même.
Rien! . si ce n'est, mon Dieu, ta puissance suprême
Qui permet notre exil dans ce monde oublieux
Pour préparer notre âme à ton jour glorieux.

. . . .

L'*Angelus* qui sonnait à la petite église.
Redit par les échos, emporté par la brise;
Les bruits de pas, de voix, les murmures, les sons
Qui venaient du village ou sortaient des buissons.

Les oiseaux attardés, dont les troupes joyeuses
Regagnaient lentement leurs couchettes soyeuses.
Les senteurs que le vent m'apportait des grands bois.
Les chants doux, cadencés des jeunes villageois,
M'annonçaient que la nuit venait en souveraine
Prendre possession de son vaste domaine.

. . . .

Je quittais, en priant, l'asile de la mort
Ou tant de naufragés avaient trouvé le port ! ..

PAUVRES MÈRES! PAUVRES PETITS!

—

Les beaux jours sont venus,
L'hirondelle gentille,
Sous les toits vieux et nus
En gazouillant sautille,
Tressant pour sa famille
Un nid de joncs menus

Heureuse et diligente,
Avant le point du jour
On la voit tour a tour,
En mere prévoyante,
En amante constante,
Prouver son tendre amour.

Son aile infatigable,
Dès l'aube, sans relais,
Du vieux chaume au palais,
Pour rendre confortable
La couchette adorable,
Ne se lasse jamais!

Quelle vive allégresse !
Quel instant fortuné !
Le nid est terminé...
Déjà, dans sa tendresse,
Elle voit et caresse
Son premier nouveau-né !

Aimante et résignée,
Et durant près d'un mois.
Elle fait sous les toits
Sa féconde couvée.
Rêvant pour sa lignée...
L'air embaumé des bois !

Mais, un jour, la couveuse
Tressaille doucement...
Au léger mouvement
De son aile soyeuse,
Une tête dormeuse
Apparaît lentement !

L'ami le plus fidèle
Pourvoit à tous besoins,
Sans avoir pour témoins
De l'ardeur de son zèle
Que la douce hirondelle,
Objet de tous ses soins.

Bientôt la troupe ailée,
Par un beau soir d'été,
Rêvant la nouveauté,
Veut prendre sa volée
Pour gagner la vallée,
Chantant la liberté.

En vain la pauvre mère
Longtemps les appela,
Car ils n'étaient plus la;
Déplorant leur misere,
Dans une plainte amère,
Que son cœur exhala.

Le lendemain, pensive,
Sans bruit elle quittait
Le toit qu'elle habitait
Pour errer sur la rive,
Où, pensant, que captive.
Sa famille attendait ..

Hélas! plus d'espérance
Pour calmer sa douleur...
Un perfide oiseleur,
Sachant leur ignorance,
Avait tendu d'avance
Le piége destructeur! ..

Petits enfants, que j'aime,
Ne les imitez pas...
Car souvent ici-bas,
Votre sort est le même,
Quand votre orgueil parsème
Des piéges sous vos pas.

MES VŒUX

—

Acrostiche

——

Heureuse du bonheur de l'enfant qui m'est chère,
En ce jour, au Seigneur j'adresse ma prière,
Réclamant son appui pour chacun de ses jours,
Ma voix qui le supplie, espère en son concours.
Il ne peut lui manquer, j'en ai la foi sincère ;
N'a-t-il donc pas toujours encouragé mon cœur,
En donnant a ma fille, esprit, grâces, douceur ?

LES ANGES EXILÉS

—

Que j'aime d'un berceau la vue enchanteresse,
Quand une tendre mère y veille, nuit et jour,
Un petit chérubin qu'elle berce et caresse,
Le cœur gonflé d'orgueil, d'espérance et d'amour
Oh! quel tableau jamais sut mieux inspirer l'âme,
Que l'enfant rose et blond qui s'endort gracieux,
Quand son ange gardien, sous les traits d'une femme
L'admire en souriant comme on sourit aux cieux!
Mais ces êtres si doux habitent cette terre
Et doivent lui payer un long tribut de pleurs
L'enfant pour qui la vie est encore un mystere,
Malgré son ignorance, en ressent les douleurs,
Et sa mère, a genoux, les yeux gonflés de larmes,
En le voyant souffrir, interroge le ciel .
Comme la pauvre Agar, dans ses tristes alarmes,
Elle cherche pour lui la source aux flots de miel,
Mais le petit berceau commande l'espérance,
Et tandis qu'elle pleure et s'abreuve de fiel,
L'Éternel qui la voit veille sur sa souffrance
Comme l'ange. au désert. veillait sur Ismael
Il protege l'enfant, encourage la mere,

Ne sont-ils pas tous deux bien faibles ici-bas?
Où sera leur appui, dans cette vie amère,
Si Dieu les abandonne ou ne les entend pas?
Oh! oui, soyez heureux, enfants, mère charmante!
Je vous aime toujours, anges inspirateurs!
Trop faibles pour chanter votre beauté touchante,
Laissez-moi, sous vos pas, déposer quelques fleurs!...
Innocence d'enfant, crédulité de femme,
Cœur vierge ou repentant, voix qui prie ou gémit,
Front rayonnant de paix, regard où pleure l'âme,
Pour Dieu, c'est même chose, et sa main les bénit!

IL EST TROP TARD

—

A rêver je passe ma vie,
L'illusion nourrit mon cœur ;
Chanter est tout ce que j'envie,
L'obscurité fait mon bonheur.
En vain le char de la fortune
Croirait fasciner mon regard .
Qu'il passe, son bruit m'importune!
Pour me tromper il est trop tard.

Dans ce monde ou tout fuit, s'efface,
Je n'ambitionne aucun bien.
Dieu, lorsqu'il m'assigna ma place,
Me dit tout bas   Tu n'auras rien...
Après cela pourrais-je croire
Que je mérite une autre part
Flatteurs, ne parlez plus de gloire;
Pour me tromper il est trop tard.

La beauté comme le génie
Est sujette aux déceptions,
Elle subit la tyrannie
De bien cruelles passions.
C'est pourquoi je bénis sans cesse
L'âge qui me sert de rempart.
Tu n'es plus, crédule jeunesse !
Pour me tromper il est trop tard.

Loin d'accuser la destinée,
Je me réjouis de mon sort.
Aux flots si Dieu m'a condamnée,
Ce n'est qu'en me montrant le port
Au moment de toucher la plage .
Je livre ma barque au hasard
J'espère arriver sans naufrage,
Pour me tromper il est trop tard.

MONOLOGUE

EN UN ACTE

—

LA SCÈNE SE PASSE EN CHAMPAGNE, AU MOIS DE MAI

—

PERSONNAGES

Le Comte et la Comtesse de FLAVILLE nouveaux propriétaires du château,
Quelques invités,
M. YVES de MELUN, sous le nom de FORTUNE, ancien élève du Conservatoire,
Mademoiselle ELMIRA, élève du Conservatoire,
Domestique en livrée

—

Le théâtre représente la grande salle d'un vieux château Un piano
occupe le milieu de cette salle, quelques sièges, deux fauteuils pour le
comte et la comtesse
Au lever du rideau M. YVES de MELUN entre, vêtu de noir, tenant sous
le bras un rouleau de musique qu'il dépose sur le piano. Le valet qui l'a
introduit semble attendre à la porte.

PREMIER TABLEAU

—

M. Yves se croyant seul

Comptons sur l'avenir, berçons-nous d'espérances,
Appelons pour cela les plus heureuses chances.
Quel que soit le réel de nos déceptions.
Que ferions-nous, hélas! sans nos illusions?

Apercevant le domestique

Encor là, qu'attend-il? C'est juste, avant qu'il parte,
A ce prudent valet, je dois donner ma carte.
Hâtons-nous, il est temps, car sa mauvaise humeur
Pourrait-être funeste au paisible rimeur

Cherchant une carte dans son calepin.

Me parer aujourd'hui de titres de noblesse
Serait sans nul succès, et rempli de faiblesse.

En écrivant

Baptisé du beau nom qu'un ami m'a donné.
En dépit du présent, je signe Fortuné.

Après avo r donné sa carte au valet qui s'en va

DEUXIEME TABLEAU

—

Sans me connaître mieux, le comte de Flaville
M'admet, sans défiance, auprès de sa famille;
Je dois en être fier, son invitation
Satisfait pleinement ma seule ambition.
Mon aurore se lève, et si Dieu me seconde
Je serais, par ma foi, le plus heureux du monde:
Je ne puis en douter, mon bonheur est certain,
C'est Dieu qui l'a permis, je bénis mon destin.

Tristement

Et pourtant, malgré moi, d'ou vient que je m'attriste?
Que me fait le talent de cette jeune artiste
Qui doit briller ici, comme une étoile aux cieux,
Attendrir tous les cœurs et charmer tous les yeux?

En se frappant le front.

On la dit orpheline et sans ressource aucune,
Et comme moi, peut-être, implorant la fortune! .
Dois-je craindre ou bénir ce moment hasardeux,
Où nous allons nous perdre ou triompher tous deux!

Mouvement précipité.

Rêve, joie et bonheur, ô mon pauvre poete!
Jette tes longs soupirs a la vague inquiète...

Avec agitation.

Je le veux, il le faut, et pour plaire aujourd'hui,
Du Dieu de l'harmonie, oui, j'invoque l'appui!

INVOCATION A L'HARMONIE

CHANT PREMIER

—

Viens a moi, touchante harmonie.
Toi, qui séduis toujours les cœurs,
A tes autels je sacrifie..
J'y viens déposer quelques fleurs.
Partout on révère ton culte,
Mais peu deviennent tes élus,
Tu fuis le bruit et le tumulte,
Les sons hasardés et diffus

Fais qu'en ce jour un tel exemple
M'exalte et me porte vers toi,
Ouvre-moi les portes du temple,
Fais disparaître mon effroi,
Car ma voix, émue et timide,
Doute toujours de ses efforts,
Prends ma lyre, et deviens mon guide,
Enivre-moi de tes accords.

Promenant ses regards autour de lui
Pour un joyeux concert, madame la comtesse
A choisi ce me semble un lieu plein de tristesse
Et mon cœur, pénétré d'un indicible émoi,
Compare aux glas de mort le son du vieux beffroi
Ecoutant l'horloge qui sonne lentement dix coups
C'est l'heure et je suis seul dans cette vaste salle,
Ou, le front couronné, la timide vassale,
Au bras de son époux. venait près du Seigneur
Recevoir autrefois le prix de la candeur.
Examinant les vieilles sculptures
O muse, prend ton luth, et d'un accord magique
Dis-moi de ce castel la destinée antique,
Lui que la main du temps a place dans ces lieux
Ou coule le nectar dont s'enivrent les Dieux,
Dis-moi qui le bâtit et quelle fut sa gloire,

Emprunte, s'il le faut, le burin de l'histoire :
De grands événements la se sont accomplis...

Montrant une tourelle en ruine qu'on aperçoit par la porte restée ouverte

Et j'en juge du moins par ces nobles débris ;
Serait-ce de Clovis ou bien de Charlemagne,
Le château favori, la suave compagne
Où venaient tous les preux, en sortant des combats,
Trinquer à la victoire en de joyeux ébats?
Cela se peut, j'y crois, ces enfants de la gloire
Ont dû choisir ici leur temple de mémoire ;
Les guerriers, les amours se tenaient par la main,
Et Bacchus y dictait son culte souverain.

Après une pause

Mais, depuis tous ces temps, de si haute origine,
Oubliée aujourd'hui, cette antique ruine
Et devenue aussi le séjour des plaisirs ;
Le bonheur y revient porté par les zéphirs.

Plus bas

Dis-moi, muse, dis-moi, comme une somnambule,
Tout ce qui s'est passé dans la grande cellule
De ce fameux manoir... Non, muse. ne dis rien,
Laissons au bon vieux temps son essor aérien.

Tristement

Où m'entraîne, ce soir, ma folle rêverie?
Que me font ce château, sa légende fleurie,
A moi, compositeur, moi poète ignoré,
Moi qui n'ai pour tout bien que le ciel azuré?

Apercevant mademoiselle Elmira en dehors de la salle. qui parle au domestique, elle est vêtu modestement, ayant un chapeau dont le voile est baissé

TROISIEME TABLEAU

—

Mon cœur me le disait, oui, sous ce léger voile,
Mon âme a deviné la charmante Elmira ;

Son aube luit enfin,... qui sait si son étoile
Au palais des neuf sœurs un jour la conduira

A part, et de manière à n'être pas entendu de la jeune fille, qui va
s'asseoir dans le fond du théâtre.

CHANT DEUXIÈME

—

Le chant qui s'éteint sur la lyre,
La rose qui pousse en nos bois,
Du poete le saint délire,
Sont moins doux que sa douce voix.

Je l'aime et n'ose le lui dire,
Tant je révère sa candeur ;
Dans le silence je soupire,
Tout mon espoir est dans son cœur.

Bannissons le mal qui m'oppresse,
Triomphons d'un chagrin cuisant,
Pour qu'elle ignore la tendresse,
Qu'a son aspect mon cœur ressent

FIN DU CHANT DEUXIEME

—

S'avançant pres de la jeune fille, et la saluant profondément.

Muse de l'harmonie et des chants delicats,
Daigne accueillir mes vœux, mon bien sincère hommage ;
Semblable a l'alcyon qui laisse son rivage,
Viens-tu chercher ici de plus tièdes climats ?
Redis-moi les accents de ta lyre enchantée,
En ces lieux parfumés au retour du printemps,
Comme le rossignol daigne mêler tes chants
A la brise du soir, a la feuille agitée.
Redis les mille fois, tous sont naïfs et beaux.
Soit qu'ils parlent au cœur, a l'esprit comme a l'âme.
C'est de la vérité le fidèle programme ;
Ils seduisent toujours et n'ont point de rivaux.

15*

QUATRIÈME ET DERNIER TABLEAU

—

Le comte et la comtesse, précedés de quelques domestiques, portant des flambeaux, viennent s'asseoir suivis de quelques invités Mademoiselle Elmira se place au piano, après avoir salué le comte et la comtesse. M Yves chante, accompagné de mademoiselle Elmira, la romance qu'a composée la comtesse de Flaville et dont M. Yves a fait la musique.

DERNIER CHANT

—

Après cinq ans d'absence
Le gai printemps en ces lieux nous ramène.
J'en suis heureuse, amis, réjouissons-nous!
Chantons, dansons, à l'ombre du grand chêne,
Notre retour sera propice et doux.
Salut, castel, vieux donjons et tourelle,
Source féconde et tes limpides eaux,
Arôme doux de chaque fleur nouvelle,
Chant gracieux de mille essaims d'oiseaux.

Oui, mais, hélas! où donc est la charmille,
Et sa feuillée aux ombrages si frais,
Ou la fauvette, au sein de sa famille,
De l'oiseleur pouvait braver les traits?
Pourquoi vouloir dépouiller la nature
Des ornements qui charment ce séjour?
Laissons aux champs, aux bosquets leur parure,
Au frêle oiseau son petit nid d'amour.

Mais oublions!.. après cinq ans d'absence,
Que le plaisir nous trouve de moitié,
Quand pour fêter ici notre présence,
Nous retrouvons la plus douce amitié.
N'avons-nous pas encor pour nous distraire
Des prés fleuris, des rosiers en boutons,
Le rossignol si bien fait pour nous plaire,
Pour tout cela, mes chers amis, chantons!

FIN DU DERNIER CHANT

Le rideau tombe

TABLE

—

—

www.ingramcontent.com/pod-product-compliance
Lightning Source LLC
Chambersburg PA
CBHW061442030726
47503CB00005B/1527